*Né en 1850 au château de Miromesnil (Seine-Maritime),
Guy de Maupassant vit en Normandie pendant son enfance.
Etudiant en droit quand éclate la guerre de 1870, il s'engage.
Libéré, il entre au Ministère de la Marine, puis à l'Instruction
publique. Il utilise ses loisirs à écrire et canoter.
Ami de sa famille, Flaubert l'introduit dans les milieux litté-
raires (Daudet, les Goncourt, Zola). Le succès de Boule-de-Suif
lui ouvre les salons mondains (1880). Malgré la maladie qui
le mine, il publie sans relâche contes et nouvelles ou romans
dont le style sobre et pur le place au premier rang des écrivains
du XIXe siècle. Il meurt à Paris en 1893.
Parmi ses œuvres les plus célèbres : La Maison Tellier (81),
Mlle Fifi, Contes de la bécasse, Une Vie (83), Bel Ami (85),
Le Horla (87), Le Rosier de Mme Husson (88), Fort comme
la Mort (89), Notre Cœur (90), etc.*

C'est Médéric, le facteur, qui avait découvert le corps de la
petite Roque sous la futaie du maire, au bord de la Brindille.
Mais on eut beau chercher, on ne trouva pas le coupable. A
quelque temps de là, le maire donna l'ordre d'abattre ses arbres
et, surveillant les travaux, faillit périr écrasé sous le hêtre
géant qui avait ombragé le crime. Imprudence? Non; geste
d'un malheureux qui tente d'échapper à un spectre sans
compromettre son honneur. Mais la fatalité s'acharne contre
lui.
Drame encore de la terre normande que l'histoire du *Père
Amable* ou le procès de *Rosalie Prudent;* drame parisien de
l'Ermite; tout petit drame d'un amour qui aurait pu être à
bord de *l'Epave;* méditation sereine *Sur les Chats;* conquête de
Madame Parisse; nostalgique fin de l'actrice *Julie Romain,* ou
subtil et tendre récit de *Mademoiselle Perle* — neuf nouvelles
où s'affirme le talent d'un maître conteur.

GUY DE MAUPASSANT

La petite Roque

ALBIN MICHEL

LA PETITE ROQUE

LA PETITE ROQUE

I

LE piéton Médéric Rompel, que les gens du pays appelaient familièrement Médéri, partit à l'heure ordinaire de la maison de poste de Roüy-le-Tors. Ayant traversé la petite ville, de son grand pas d'ancien troupier, il coupa d'abord les prairies de Villaumes pour gagner le bord de la Brindille, qui le conduisait, en suivant l'eau, au village de Carvelin, où commençait sa distribution.

Il allait vite, le long de l'étroite rivière qui moussait, grognait, bouillonnait et filait dans son lit d'herbes, sous une voûte de saules. Les grosses pierres, arrêtant le cours, avaient autour d'elles un bourrelet d'eau, une sorte de cravate terminée en nœud d'écume. Par places, c'étaient des cascades d'un pied, souvent invisibles, qui faisaient, sous les feuilles, sous les lianes, sous un toit de verdure, un gros bruit colère et doux; puis plus loin, les berges s'élargissant, on rencontrait un petit lac paisible où nageaient des truites parmi toute cette chevelure verte qui ondoie au fond des ruisseaux calmes.

Médéric allait toujours, sans rien voir, et ne songeant qu'à ceci : « Ma première lettre est pour la maison Poivron, puisque j'en ai une pour M. Renardet; faut donc que je traverse la futaie. »

Sa blouse bleue serrée à la taille par une ceinture de cuir noir, passait d'un train rapide et régulier sur la haie verte des saules; et sa canne, un fort bâton de houx, marchait à son côté du même mouvement que ses jambes.

Donc, il franchit la Brindille sur un pont fait d'un seul arbre, jeté d'un bord à l'autre, ayant pour unique rampe une corde portée par deux piquets enfoncés dans les berges.

La futaie, appartenant à M. Renardet, maire de Carvelin, et le plus gros propriétaire du lieu, était une sorte de bois d'arbres antiques, énormes, droits comme des colonnes, et s'étendant, sur une demi-lieue de longueur, sur la rive gauche du ruisseau qui servait de limite à cette immense voûte de feuillage. Le long de l'eau, de grands arbustes avaient poussé, chauffés par le soleil; mais sous la futaie, on ne trouvait rien que de la mousse, de la mousse épaisse, douce et molle, qui répandait dans l'air stagnant une odeur légère de moisi et de branches mortes.

Médéric ralentit le pas, ôta son képi noir orné d'un galon rouge et s'essuya le front, car il faisait déjà chaud dans les prairies, bien qu'il ne fût pas encore huit heures du matin.

Il venait de se recouvrir et de reprendre son pas accéléré quand il aperçut, au pied d'un arbre, un couteau, un petit couteau d'enfant.

Comme il le ramassait, il découvrit encore un dé à coudre, puis un étui à aiguilles deux pas plus loin.

Ayant pris ces objets, il pensa : « Je vas les confier à M. le maire »; et il se remit en route; mais il ouvrait l'œil à présent, s'attendant toujours à trouver autre chose.

Soudain, il s'arrêta net, comme s'il se fût heurté contre une barre de bois; car, à dix pas devant lui, gisait, étendu sur le dos, un corps d'enfant, tout nu, sur la mousse. C'était une petite fille d'une douzaine d'années. Elle avait les bras ouverts, les jambes écartées, la face couverte d'un mouchoir. Un peu de sang maculait ses cuisses.

Médéric se mit à avancer sur la pointe des pieds, comme s'il eût redouté quelque danger; et il écarquillait les yeux.

Qu'était-ce que cela! Elle dormait, sans doute? Puis il réfléchit qu'on ne dort pas ainsi tout nu, à sept heures et demie du matin, sous des arbres frais. Alors elle était morte; et il se trouvait en présence d'un crime. A cette idée, un frisson froid lui courut dans les reins, bien qu'il fût un ancien soldat. Et puis c'était chose si rare dans le pays, un meurtre, et le meurtre d'une enfant encore, qu'il n'en pouvait croire ses yeux. Mais elle ne portait aucune blessure, rien que ce sang figé sur sa jambe. Comment donc l'avait-on tuée?

Il s'était arrêté tout près d'elle; et il la regardait, appuyé sur son bâton. Certes, il la connaissait, puisqu'il connaissait tous les habitants de la contrée; mais ne pouvant voir son visage, il ne pouvait deviner son nom. Il se pencha pour ôter le mouchoir qui lui couvrait la face; puis s'arrêta, la main tendue, retenu par une réflexion.

Avait-il le droit de déranger quelque chose à l'état du cadavre avant les consultations de la justice? Il se figurait la justice comme une espèce de général à qui rien n'échappe et qui attache autant d'importance à un bouton perdu qu'à un coup de couteau dans le ventre. Sous ce mouchoir on trouverait peut-être une preuve capitale; c'était une pièce à conviction, enfin, qui pouvait perdre de sa valeur, touchée par une main maladroite.

Alors, il se releva pour courir chez M. le maire; mais une autre pensée le retint de nouveau. Si la fillette était encore vivante, par hasard, il ne pouvait l'abandonner ainsi. Il se mit à genoux, tout doucement, assez loin d'elle par prudence, et tendit la main vers son pied. Il était froid, glacé, de ce froid terrible qui rend effrayante la chair morte, et qui ne laisse plus de doute. Le facteur, à ce toucher, sentit son cœur retourné, comme il le dit plus tard. et la salive séchée dans sa bouche. Se relevant brusquement, il se mit à courir sous la futaie vers la maison de M. Renardet.

Il allait au pas gymnastique, son bâton sous le bras, les poings fermés, la tête en avant; et son sac de cuir, plein de lettres et de journaux, lui battait les reins en cadence.

La demeure du maire se trouvait au bout du bois qui lui servait de parc et trempait tout un coin de ses murailles dans un petit étang que formais en cet endroit la Brindille.

C'était une grande maison carrée, en pierre grise, très ancienne, qui avait subi des sièges autrefois, et terminée par une tour énorme, haute de vingt mètres, bâtie dans l'eau.

Du haut de cette citadelle, on surveillait jadis tout le pays. On l'appelait la tour du Renard, sans qu'on sût au juste pourquoi; et de cette appellation sans doute était venu le nom de Renardet que portaient les propriétaires de ce fief resté dans la même famille depuis plus de deux cents ans, disait-on. Car les Renardet faisaient partie de cette bourgeoisie presque noble qu'on rencontrait souvent dans les provinces avant la Révolution.

Le facteur entra d'un élan dans la cuisine où déjeunaient les domestiques, et cria : « Monsieur le maire est-il levé? Faut que je li parle sur l'heure. » On savait Médéric un homme de poids et d'autorité, et on comprit aussitôt qu'une chose grave s'était passée.

M. Renardet, prévenu, ordonna qu'on l'amenât. Le piéton, pâle et essoufflé, son képi à la main, trouva le maire assis devant une longue table couverte de papiers épars.

C'était un gros et grand homme, lourd et rouge, fort comme un bœuf, et très aimé dans le pays, bien que violent à l'excès. Agé à peu près de quarante ans et veuf depuis six mois, il vivait sur ses terres en gentilhomme des champs. Son tempérament fougueux lui avait souvent attiré des affaires pénibles dont le tiraient toujours les magistrats de Roüy-le-Tors, en amis indulgents et discrets. N'avait-il pas, un jour, jeté du haut de son siège le conducteur de la diligence parce qu'il avait failli écraser son chien d'arrêt Micmac?

N'avait-il pas enfoncé les côtes d'un garde-chasse qui verbalisait contre lui, parce qu'il traversait, fusil au bras, une terre appartenant au voisin? N'avait-il pas même pris au collet le sous-préfet qui s'arrêtait dans le village au cours d'une tournée administrative qualifiée par M. Renardet de tournée électorale; car il faisait de l'opposition au gouvernement par tradition de famille.

Le maire demanda : « Qu'y a-t-il donc, Médéric?

— J'ai trouvé une p'tite fille morte sous vot' futaie. »

Renardet se dressa, le visage couleur de brique : « Vous dites... Une petite fille?

— Oui, m'sieu, une p'tite fille, toute nue, sur le dos, avec du sang, morte, bien morte! »

Le maire jura : « Nom de Dieu; je parie que c'est la petite Roque. On vient de me prévenir qu'elle n'était pas rentrée hier soir chez sa mère. A quel endroit l'avez-vous découverte? »

Le facteur expliqua la place, donna des détails, offrit d'y conduire le maire.

Mais Renardet devint brusque :

« Non. Je n'ai pas besoin de vous. Envoyez-moi tout de suite le garde champêtre, le secrétaire de la mairie et le médecin, et continuez votre tournée. Vite, vite, allez, et dites-leur de me rejoindre sous la futaie. »

Le piéton, homme de consigne, obéit et se retira, furieux et désolé de ne pas assister aux constatations.

Le maire sortit à son tour, prit son chapeau, un grand chapeau mou, de feutre gris, à bords

très larges, et s'arrêta quelques secondes sur le
seuil de sa demeure. Devant lui s'étendait un
vaste gazon où éclataient trois grandes taches,
rouge, bleue et blanche, trois larges corbeilles de
fleurs épanouies, l'une en face de la maison et les
autres sur les côtés. Plus loin, se dressaient
jusqu'au ciel les premiers arbres de la futaie, tandis qu'à gauche, par-dessus la Brindille élargie en
étang, on apercevait de longues prairies, tout un
pays vert et plat, coupé par des rigoles et des
haies de saules pareils à des monstres, nains tra-
pus, toujours ébranchés, et portant sur un tronc
énorme et court un plumeau frémissant de
branches minces.

A droite, derrière les écuries, les remises, tous
les bâtiments qui dépendaient de la propriété,
commençait le village, riche, peuplé d'éleveurs de
bœufs.

Renardet descendit lentement les marches de
son perron, et, tournant à gauche, gagna le bord
de l'eau qu'il suivit à pas lents, les mains derrière
le dos. Il allait, le front penché; et de temps en
temps il regardait autour de lui s'il n'apercevait
point les personnes qu'il avait envoyé querir.

Lorsqu'il fut arrivé sous les arbres, il s'arrêta,
se découvrit et s'essuya le front comme avait fait
Médéric; car l'ardent soleil de juillet tombait en
pluie de feu sur la terre. Puis le maire se remit
en route, s'arrêta encore, revint sur ses pas. Soudain, se baissant, il trempa son mouchoir dans le
ruisseau qui glissait à ses pieds et l'étendit sur sa
tête, sous son chapeau. Des gouttes d'eau lui cou-
laient le long des tempes, sur ses oreilles toujours

violettes, sur son cou puissant et rouge et entraient, l'une après l'autre, sous le col blanc de sa chemise.

Comme personne n'apparaissait encore, il se mit à frapper du pied, puis il appela : « Ohé! ohé! »

Une voix répondit à droite : « Ohé! ohé! »

Et le médecin apparut sous les arbres. C'était un petit homme maigre, ancien chirurgien militaire, qui passait pour très capable aux environs. Il boitait, ayant été blessé au service, et s'aidait d'une canne pour marcher.

Puis on aperçut le garde champêtre et le secrétaire de la mairie, qui, prévenus en même temps arrivaient ensemble. Ils avaient des figures effarées et accouraient en soufflant, marchant et trottant tour à tour pour se hâter, et agitant si fort les bras qu'ils semblaient accomplir avec eux plus de besogne qu'avec leurs jambes.

Renardet dit au médecin : « Vous savez de quoi il s'agit?

— Oui, un enfant mort trouvé dans le bois par Médéric.

— C'est bien. Allons. »

Ils se mirent à marcher côte à côte, et suivis des deux hommes. Leurs pas, sur la mousse, ne faisaient aucun bruit; leurs yeux cherchaient, là-bas, devant eux.

Le docteur Labarbe tendit le bras tout à coup : « Tenez, le voilà! »

Très loin sous les arbres, on apercevait quelque chose de clair. S'ils n'avaient point su ce que c'était, ils ne l'auraient pas deviné. Cela semblait luisant et si blanc qu'on l'eût pris pour un linge tombé; car un rayon de soleil glissé entre les branches illuminait la chair pâle d'une grande raie oblique à travers le ventre. En approchant, ils distinguaient peu à peu la forme, la tête voilée, tournée vers l'eau et les deux bras écartés comme par un crucifiement.

« J'ai rudement chaud », dit le maire.

Et, se baissant vers la Brindille, il y trempa de nouveau son mouchoir qu'il replaça encore sur son front.

Le médecin hâtait le pas, intéressé par la découverte. Dès qu'il fut auprès du cadavre, il se pencha pour l'examiner, sans y toucher. Il avait mis un pince-nez comme lorsqu'on regarde un objet curieux, et tournait autour tout doucement.

Il dit sans se redresser : « Viol et assassinat que nous allons constater tout à l'heure. Cette fillette est d'ailleurs presque une femme, voyez sa gorge. »

Les deux seins, assez forts déjà, s'affaissaient sur sa poitrine, amollis par la mort.

Le médecin ôta légèrement le mouchoir qui couvrait la face. Elle apparut noire, affreuse, la langue sortie, les yeux saillants. Il reprit : « Parbleu, on l'a étranglée une fois l'affaire faite. »

Il palpait le cou : « Etranglée avec les mains sans laisser d'ailleurs aucune trace particulière, ni marque d'ongle, ni empreinte de doigt. Très bien. C'est la petite Roque, en effet. »

Il replaça délicatement le mouchoir : « Je n'ai rien à faire; elle est morte depuis douze heures au moins. Il faut prévenir le parquet. »

Renardet, debout, les mains derrière le dos,

regardait d'un œil fixe le petit corps étalé sur l'herbe. Il murmura : « Quel misérable. Il faudrait retrouver les vêtements. »

Le médecin tâtait les mains, les bras, les jambes. Il dit : « Elle venait sans doute de prendre un bain. Ils doivent être au bord de l'eau. »

Le maire ordonna : « Toi, Principe (c'était le secrétaire de la mairie), tu vas me chercher ces hardes-là le long du ruisseau. Toi, Maxime (c'était le garde barrière), tu vas courir à Roüy-le-Tors et me ramener le juge d'instruction avec la gendarmerie. Il faut qu'ils soient ici dans une heure. Tu entends. »

Les deux hommes s'éloignèrent vivement; et Renardet dit au docteur : « Quel gredin a bien pu faire un pareil coup dans ce pays-ci? »

Le médecin murmura : « Qui sait? Tout le monde est capable de ça. Tout le monde en particulier et personne en général. N'importe, ça doit être quelque rôdeur, quelque ouvrier sans travail. Depuis que nous sommes en république, on ne rencontre que ça sur les routes. »

Tous deux étaient bonapartistes.

Le maire reprit : « Oui, ça ne peut être qu'un étranger, un passant, un vagabond sans feu, ni lieu... »

Le médecin ajouta avec une apparence de sourire : « Et sans femme. N'ayant ni bon souper, ni bon gîte, il s'est procuré le reste. On ne sait pas ce qu'il y a d'hommes sur la terre capables d'un forfait à un moment donné. Saviez-vous que cette petite avait disparu? »

Et du bout de sa canne, il touchait l'un après

l'autre les doigts raidis de la morte, appuyant dessus comme sur les touches d'un piano.

« Oui. La mère est venue me chercher hier, vers neuf heures du soir, l'enfant n'étant pas rentrée à sept heures pour souper. Nous l'avons appelée jusqu'à minuit sur les routes; mais nous n'avons point pensé à la futaie. Il fallait le jour, du reste, pour opérer des recherches vraiment utiles.

— Voulez-vous un cigare? dit le médecin.

— Merci, je n'ai pas envie de fumer. Ça me fait quelque chose de voir ça. »

Ils restaient debout tous les deux en face de ce frêle corps d'adolescente, si pâle, sur la mousse sombre. Une grosse mouche à ventre bleu qui se promenait le long d'une cuisse, s'arrêta sur les taches de sang, repartit, remontant toujours, parcourant le flanc de sa marche vive et saccadée, grimpa sur un sein, puis redescendit pour explorer l'autre, cherchant quelque chose à boire sur cette morte. Les deux hommes regardaient ce point noir errant.

Le médecin dit : « Comme c'est joli, une mouche sur la peau. Les dames du dernier siècle avaient bien raison de s'en coller sur la figure. Pourquoi a-t-on perdu cet usage-là? »

Le maire semblait ne point l'entendre, perdu dans ses réflexions.

Mais, tout d'un coup, il se retourna, car un bruit l'avait surpris; une femme en bonnet et en tablier bleu accourait sous les arbres. C'était la mère, la Roque. Dès qu'elle aperçut Renardet, elle se mit à hurler : « Ma p'tite, ous qu'est ma p'tite? » tellement affolée qu'elle ne regardait point par terre. Elle la vit tout à coup, s'arrêta net, joignit les mains et leva ses deux bras en poussant une clameur aiguë et déchirante, une clameur de bête mutilée.

Puis elle s'élança vers le corps, tomba à genoux et enleva, comme si elle l'eût arraché, le mouchoir qui couvrait la face. Quand elle vit cette figure affreuse, noire et convulsée, elle se redressa d'une secousse, puis s'abattit le visage contre terre, en jetant dans l'épaisseur de la mousse des cris affreux et continus.

Son grand corps maigre sur qui ses vêtements collaient, secoué de convulsions, palpitait. On voyait ses chevilles osseuses et ses mollets secs enveloppés de gros bas bleus frissonner horriblement; et elle creusait le sol de ses doigts crochus comme pour y faire un trou et s'y cacher.

Le médecin, ému, murmura : « Pauvre vieille! » Renardet eut dans le ventre un bruit singulier; puis il poussa une sorte d'éternuement bruyant qui lui sortit en même temps par le nez et par la bouche; et, tirant son mouchoir de sa poche, il se mit à pleurer dedans, toussant, sanglotant et se mouchant avec bruit. Il balbutiait : « Cré... cré... cré... cré nom de Dieu de cochon qui a fait ça... Je... je... voudrais le voir guillotiner... »

Mais Principe reparut, l'air désolé et les mains vides. Il murmura : « Je ne trouve rien, m'sieu le maire, rien de rien nulle part. »

L'autre, effaré, répondit d'une voix grasse, noyée dans les larmes : « Qu'est-ce que tu ne trouves pas?

— Les hardes de la petite.

— Eh bien... eh bien... cherche encore... et... et... trouve-les... ou... tu auras affaire à moi. »

L'homme, sachant qu'on ne résistait pas au maire, repartit d'un pas découragé en jetant sur le cadavre un coup d'œil oblique et craintif.

Des voix lointaines s'élevaient sous les arbres, une rumeur confuse, le bruit d'une foule qui approchait; car Médéric, dans sa tournée, avait semé la nouvelle de porte en porte. Les gens du pays, stupéfaits d'abord, avaient causé de ça dans la rue, d'un seuil à l'autre; puis ils s'étaient réunis; ils avaient jasé, discuté, commenté l'événement pendant quelques minutes; et maintenant ils s'en venaient voir.

Ils arrivaient par groupes, un peu hésitants et inquiets, par crainte de la première émotion. Quand ils aperçurent le corps, ils s'arrêtèrent, n'osant plus avancer et parlant bas. Puis ils s'enhardirent, firent quelques pas, s'arrêtèrent encore, avancèrent de nouveau, et ils formèrent bientôt autour de la morte, de sa mère, du médecin et de Renardet, un cercle épais, agité et bruyant qui se resserrait sous les poussées subites des derniers venus. Bientôt ils touchèrent le cadavre. Quelques-uns même se baissèrent pour le palper. Le médecin les écarta. Mais le maire, sortant brusquement de sa torpeur, devint furieux et, saisissant la canne du docteur Labarbe, il se jeta sur ses administrés en balbutiant : « Foutez-moi le camp... foutez-moi le camp... tas de brutes... foutez-moi le camp!... » En une seconde, le cordon de curieux s'élargit de deux cents mètres.

La Roque s'était relevée, retournée, assise, et
elle pleurait maintenant dans ses mains jointes
sur sa face.

Dans la foule, on discutait la chose; et des yeux
avides de garçons fouillaient ce jeune corps découvert. Renardet s'en aperçut, et, enlevant brusquement sa veste de toile, il la jeta sur la fillette
qui disparut tout entière sous le vaste vêtement.

Les curieux se rapprochaient doucement; la
futaie s'emplissait de monde; une rumeur continue
de voix montait sous le feuillage touffu des grands
arbres.

Le maire, en manches de chemise, restait debout, sa canne à la main, dans une attitude de
combat. Il semblait exaspéré par cette curiosité
du peuple et répétait : « Si un de vous approche
je lui casse la tête comme à un chien! »

Les paysans avaient grand-peur de lui; ils se
tinrent au large. Le docteur Labarde, qui fumait,
s'assit à côté de la Roque, et lui parla, cherchant
à la distraire. La vieille femme aussitôt ôta ses
mains de son visage et elle répondit avec un flux
de mots larmoyants, vidant sa douleur dans
l'abondance de sa parole. Elle raconta toute sa
vie, son mariage, la mort de son homme, piqueur
de bœufs, tué d'un coup de corne, l'enfance de sa
fille, son existence misérable de veuve sans res-
sources avec la petite. Elle n'avait que ça, sa
petite Louise : et on l'avait tuée; on l'avait tuée
dans ce bois. Tout d'un coup, elle voulut la revoir,
et se traînant sur les genoux jusqu'au cadavre,
elle souleva par un coin, le vêtement qui le couvrait; puis elle le laissa retomber et se remit à

hurler. La foule se taisait, regardant avidement tous les gestes de la mère.

Mais, soudain, un grand remous eut lieu, on cria : « Les gendarmes, les gendarmes! »

Deux gendarmes apparaissaient au loin, arrivant au grand trot, escortant leur capitaine et un petit monsieur à favoris roux, qui dansait comme un singe sur une haute jument blanche.

Le garde champêtre avait justement trouvé M. Putoin, le juge d'instruction, au moment où il enfourchait son cheval pour faire sa promenade de tous les jours, car il posait pour le beau cavalier, à la grande joie des officiers.

Il mit pied à terre avec le capitaine, et serra les mains du maire et du docteur, en jetant un regard de fouine sur la veste de toile que gonflait le corps couché dessous.

Quand il fut bien au courant des faits, il fit d'abord écarter le public que les gendarmes chassèrent de la futaie, mais qui reparut bientôt dans la prairie, et forma haie, une grande haie de têtes excitées et remuantes tout le long de la Brindille, de l'autre côté du ruisseau.

Le médecin, à son tour, donna les explications que Renardet écrivait au crayon sur son agenda. Toutes les constatations furent faites, enregistrées et commentées sans amener aucune découverte. Maxime aussi était revenu sans avoir trouvé trace des vêtements.

Cette disparition surprenait tout le monde, personne ne pouvant l'expliquer que par un vol, et, comme ses guenilles ne valaient pas vingt sous, ce vol même était inadmissible.

Le juge d'instruction, le maire, le capitaine et le docteur s'étaient mis eux-mêmes à chercher deux par deux, écartant les moindres branches le long de l'eau.

Renardet disait au juge : « Comment se fait-il que ce misérable ait caché ou emporté les hardes et ait laissé ainsi le corps en plein air, en pleine vue? »

L'autre, sournois et perspicace, répondit :

« Hé! hé! Une ruse peut-être? Ce crime a été commis ou par une brute ou par un madré coquin. Dans tous les cas, nous arriverons bien à le découvrir. »

Un roulement de voiture leur fit tourner la tête. C'étaient le substitut, le médecin et le greffier du tribunal qui arrivaient à leur tour. On recommença les recherches tout en causant avec animation.

Renardet dit tout à coup : « Savez-vous que je vous garde à déjeuner? »

Tout le monde accepta avec des sourires, et le juge d'instruction, trouvant qu'on s'était assez occupé, pour ce jour-là, de la petite Roque, se tourna vers le maire :

« Je peux faire porter chez vous le corps, n'est-ce pas? Vous avez bien une chambre pour me le garder jusqu'à ce soir. »

L'autre se troubla, balbutiant : « Oui, non... non... A vrai dire j'aime mieux qu'il n'entre pas chez moi... à cause... à cause de mes domestiques... qui... qui parlent déjà de revenants dans... dans ma tour, dans la tour du Renard... Vous savez... Je ne pourrais plus en garder un seul... Non... J'aime mieux ne pas l'avoir chez moi. »

Le magistrat se mit à sourire : « Bon... Je vais le faire emporter tout de suite à Roüy, pour l'examen légal. » Et se tournant vers le substitut : « Je peux me servir de votre voiture, n'est-ce pas?

— Oui, parfaitement. »

Tout le monde revint vers le cadavre. La Roque, maintenant, assise à côté de sa fille, lui tenait la main, et elle regardait devant elle, d'un œil vague et hébété.

Les deux médecins essayèrent de l'emmener pour qu'elle ne vît pas enlever la petite; mais elle comprit tout de suite ce qu'on allait faire, et, se jetant sur le corps, elle le saisit à pleins bras. Couchée dessus, elle criait : « Vous ne l'aurez pas, c'est à moi, c'est à moi à c't'heure. On me l'a tuée; j'veux la garder, vous l'aurez pas! »

Tous les hommes, troublés et indécis, restaient debout autour d'elle. Renardet se mit à genoux pour lui parler. « Ecoutez, la Roque, il le faut, pour savoir celui qui l'a tuée; sans ça, on ne saurait pas; il faut bien qu'on le cherche pour le punir. On vous la rendra quand on l'aura trouvé, je vous le promets. »

Cette raison ébranla la femme et une haine s'éveillant dans son regard affolé : « Alors on le prendra? dit-elle.

— Oui, je vous le promets. »

Elle se releva, décidée à laisser faire ces gens; mais le capitaine ayant murmuré : « C'est surprenant qu'on ne retrouve pas ses vêtements », une idée nouvelle qu'elle n'avait pas encore eue, entra brusquement dans sa tête de paysanne, et elle demanda :

« Ous qu'é sont ses hardes; c'est à mé. Je les veux. Ous qu'on les a mises? »

On lui expliqua comment elles demeuraient introuvables; alors elle les réclama avec une obstination désespérée, pleurant et gémissant :

« C'est à mé, je les veux; ous qu'é sont, je les veux? »

Plus on tentait de la calmer, plus elle sanglotait, s'obstinait. Elle ne demandait plus le corps, elle voulait les vêtements, les vêtements de sa fille, autant peut-être par inconsciente cupidité de misérable pour qui une pièce d'argent représente une fortune, que par tendresse maternelle.

Et quand le petit corps, roulé en des couvertures qu'on était allé chercher chez Renardet, disparut dans la voiture, la vieille, debout sous les arbres, soutenue par le maire et le capitaine, criait : « J'ai pu rien, pu rien, pu rien au monde, pu rien, pas seulement son p'tit bonnet, son p'tit bonnet; j'ai pu rien, pu rien, pas seulement son p'tit bonnet. »

Le curé venait d'arriver; un tout jeune prêtre déjà gras. Il se chargea d'emmener la Roque, et ils s'en allèrent ensemble vers le village. La douleur de la mère s'atténuait sous la parole sucrée de l'ecclésiastique qui lui promettait mille compensations. Mais elle répétait sans cesse : « Si j'avais seulement son p'tit bonnet... » s'obstinant à cette idée qui dominait à présent toutes les autres.

Renardet cria de loin : « Vous déjeunez avec nous, monsieur l'abbé. Dans une heure. »

Le prêtre tourna la tête et répondit : « Volontiers, monsieur le maire. Je serai chez vous à midi. »

Et tout le monde se dirigea vers la maison dont on apercevait à travers les branches la façade grise et la grande tour plantée au bord de la Brindille.

Le repas dura longtemps; on parlait du crime. Tout le monde se trouva du même avis; il avait été accompli par quelque rôdeur, passant là par hasard, pendant que la petite prenait un bain.

Puis les magistrats retournèrent à Roüy, en annonçant qu'ils reviendraient le lendemain de bonne heure; le médecin et le curé rentrèrent chez eux, tandis que Renardet, après une longue promenade par les prairies, s'en revint sous la futaie où il se promena jusqu'à la nuit, à pas lents, les mains derrière le dos.

Il se coucha de fort bonne heure et il dormait encore le lendemain quand le juge d'instruction pénétra dans sa chambre. Il se frottait les mains; il avait l'air content; il dit :

« Ah! ah! vous dormez encore! Eh bien, mon cher, nous avons du nouveau ce matin. »

Le maire s'était assis sur son lit :

« Quoi donc?

— Oh! quelque chose de singulier. Vous vous rappelez bien comme la mère réclamait, hier, un souvenir de sa fille, son petit bonnet, surtout. Eh bien, en ouvrant sa porte, ce matin, elle a trouvé, sur le seuil, les deux petits sabots de l'enfant. Cela prouve que le crime a été commis par quelqu'un du pays, par quelqu'un qui a eu pitié d'elle.

Voilà en outre le facteur Médéric qui m'apporte le dé, le couteau et l'étui à aiguilles de la morte. Donc l'homme, en emportant les vêtements pour les cacher, a laissé tomber les objets contenus dans la poche. Pour moi j'attache surtout de l'importance au fait des sabots qui indique une certaine culture morale et une faculté d'attendrissement chez l'assassin. Nous allons donc, si vous le voulez bien, passer en revue ensemble les principaux habitants de votre pays. »

Le maire s'était levé. Il sonna afin qu'on lui apportât de l'eau chaude pour sa barbe. Il disait : « Volontiers; mais ce sera assez long, et nous pouvons commencer tout de suite. »

M. Putoin s'était assis à cheval sur une chaise, continuant ainsi, même dans les appartements, sa manie d'équitation.

M. Renardet, à présent, se couvrait le menton de mousse blanche en se regardant dans la glace; puis il aiguisa son rasoir sur le cuir et il reprit :

« Le principal habitant de Carvelin s'appelle Joseph Renardet, maire, riche propriétaire, homme bourru qui bat les gardes et les cochers... »

Le juge d'instruction se mit à rire :

« Cela suffit; passons au suivant...

— Le second en importance est M. Pelledent, adjoint, éleveur de bœufs, également riche propriétaire, paysan madré, très sournois, très retors en toute question d'argent, mais incapable, à mon avis, d'avoir commis un tel forfait. »

M. Putoin dit : « Passons. »

Alors, tout en se rasant et se lavant, Renardet continua l'inspection morale de tous les habitants de Carvelin. Après deux heures de discussion, leurs soupçons s'étaient arrêtés sur trois individus assez suspects : un braconnier nommé Cavalle, un pêcheur de truites et d'écrevisses nommé Paquet, et un piqueur de bœufs nommé Clovis.

II

LES recherches durèrent tout l'été; on ne découvrit pas le criminel. Ceux qu'on soupçonna et qu'on arrêta prouvèrent facilement leur innocence, et le parquet dut renoncer à la poursuite du coupable.

Mais cet assassinat semblait avoir ému le pays entier d'une façon singulière. Il était resté aux âmes des habitants une inquiétude, une vague peur, une sensation d'effroi mystérieux, venue non seulement de l'impossibilité de découvrir aucune trace, mais aussi et surtout de cette étrange trouvaille des sabots devant la porte de la Roque, le lendemain. La certitude que le meurtrier avait assisté aux constatations, qu'il vivait encore dans le village, sans doute, hantait les esprits, les obsédait, paraissait planer sur le pays comme une incessante menace.

La futaie, d'ailleurs, était devenue un endroit redouté, évité, qu'on croyait hanté. Autrefois, les habitants venaient s'y promener chaque dimanche dans l'après-midi. Ils s'asseyaient sur la mousse au pied des grands arbres énormes, ou bien s'en allaient le long de l'eau en guettant les truites, qui filaient sous les herbes. Les garçons jouaient aux boules, aux quilles, au bouchon, à la balle, en certaines places où ils avaient découvert, aplani et battu le sol; et les filles, par rangs de quatre ou cinq, se promenaient en se tenant par le bras, piaillant de leurs voix criardes des romances qui grattaient l'oreille, dont les notes fausses troublaient l'air tranquille et agaçaient les nerfs des dents ainsi que des gouttes de vinaigre. Maintenant personne n'allait plus sous la voûte épaisse et haute, comme si on se fût attendu à y trouver toujours quelque cadavre couché.

L'automne vint, les feuilles tombèrent. Elles tombaient jour et nuit, descendaient en tournoyant, rondes et légères, le long des grands arbres; et on commençait à voir le ciel à travers les branches. Quelquefois, quand un coup de vent passait sur les cimes, la pluie lente et continue s'épaississait brusquement, devenait une averse vaguement bruissante qui couvrait la mousse d'un épais tapis jaune, criant un peu sous les pas. Et le murmure presque insaisissable, le murmure flottant, incessant, doux et triste de cette chute, semblait une plainte, et ces feuilles tombant toujours, semblaient des larmes, de grandes larmes versées par les grands arbres tristes qui pleuraient jour et nuit sur la fin de l'année, sur la fin des aurores tièdes et des doux crépuscules, sur la fin des brises chaudes et des clairs soleils, et aussi peut-être sur le crime qu'ils avaient vu commettre sous leur ombre, sur l'enfant violée et tuée à leur pied. Ils pleuraient dans le silence du bois désert et vide, du bois abandonné et redouté, où devait errer, seule, l'âme, la petite âme de la petite morte.

La Brindille, grossie par les orages, coulait plus vite, jaune et colère entre ses berges sèches, entre deux haies de saules maigres et nus.

Et voilà que Renardet, tout à coup, revint se promener sous la futaie. Chaque jour, à la nuit tombante, il sortait de sa maison, descendait à pas lents son perron, et s'en allait sous les arbres d'un air songeur, les mains dans ses poches. Il marchait longtemps sur la mousse humide et molle, tandis qu'une légion de corbeaux, accourue de tous les voisinages pour coucher dans les grandes cimes, se déroulait à travers l'espace, à la façon d'un immense voile de deuil flottant au vent, en poussant des clameurs violentes et sinistres.

Quelquefois, ils se posaient, criblant de taches noires les branches emmêlées sur le ciel rouge, sur le ciel sanglant des crépuscules d'automne. Puis, tout à coup, ils repartaient en croassant affreusement et en déployant de nouveau au-dessus du bois le long feston sombre de leur vol.

Ils s'abattaient enfin sur les faîtes les plus hauts et cessaient peu à peu leurs rumeurs, tandis que la nuit grandissante mêlait leurs plumes noires au noir de l'espace.

Renardet errait encore au pied des arbres, lentement; puis, quand les ténèbres opaques ne lui permettaient plus de marcher, il rentrait, tombait comme une masse dans son fauteuil, devant la cheminée claire, en tendant au foyer ses pieds humides qui fumaient longtemps contre la flamme.

Or, un matin une grande nouvelle courut dans le pays : le maire faisait abattre sa futaie.

Vingt bûcherons travaillaient déjà. Ils avaient commencé par le coin le plus proche de la maison, et ils allaient vite en présence du maître.

D'abord, les ébrancheurs grimpaient le long du tronc.

Liés à lui par un collier de corde, ils l'enlacent d'abord de leurs bras, puis, levant une jambe, ils le frappent fortement d'un coup de pointe d'acier fixée à leur semelle. La pointe entre dans le bois, y reste enfoncée, et l'homme s'élève dessus comme sur une marche pour frapper de l'autre pied avec l'autre pointe sur laquelle il se soutiendra de nouveau en recommençant avec la première.

Et, à chaque montée, il porte plus haut le collier de corde qui l'attache à l'arbre; sur ses reins, pend et brille la hachette d'acier. Il grimpe toujours doucement comme une bête parasite attaquant un géant, il monte lourdement le long de l'immense colonne, l'embrassant et l'éperonnant pour aller le décapiter.

Dès qu'il arrive aux premières branches, il s'arrête, détache de son flanc la serpe aiguë et il frappe. Il frappe avec lenteur, avec méthode, entaillant le membre tout près du tronc; et, soudain, la branche craque, fléchit, s'incline, s'arrache et s'abat en frôlant dans sa chute les arbres voisins. Puis elle s'écrase sur le sol avec un grand bruit de bois brisé, et toutes ses menues branchettes palpitent longtemps.

Le sol se couvrait de débris que d'autres hommes taillaient à leur tour, liaient en fagots et empilaient en tas, tandis que les arbres restés encore debout semblaient des poteaux démesurés, des pieux gigantesques amputés et rasés par l'acier tranchant des serpes.

Et, quand l'ébrancheur avait fini sa besogne, il laissait au sommet du fût droit et mince le collier de corde qu'il y avait porté, il redescendait ensuite à coups d'éperon le long du tronc découronné que les bûcherons alors attaquaient par la base en frappant à grands coups qui retentissaient dans tout le reste de la futaie.

Quand la blessure du pied semblait assez profonde, quelques hommes tiraient, en poussant un cri cadencé, sur la corde fixée au sommet, et l'immense mât soudain craquait et tombait sur le sol avec le bruit sourd et la secousse d'un coup de canon lointain.

Et le bois diminuait chaque jour, perdant ses arbres abattus comme une armée perd ses soldats.

Renardet ne s'en allait plus; il restait là du matin au soir, contemplant, immobile et les mains derrière le dos, la mort lente de sa futaie. Quand un arbre était tombé, il posait le pied dessus, ainsi que sur un cadavre. Puis il levait les yeux sur le suivant avec une sorte d'impatience secrète et calme, comme s'il eût attendu, espéré quelque chose à la fin de ce massacre.

Cependant, on approchait du lieu où la petite

Roque avait été trouvée. On y parvint enfin, un soir, à l'heure du crépuscule.

Comme il faisait sombre, le ciel étant couvert, les bûcherons voulurent arrêter leur travail, remettant au lendemain la chute d'un hêtre énorme, mais le maître s'y opposa, et exigea qu'à l'heure même on ébranchât et abattît ce colosse qui avait ombragé le crime.

Quand l'ébrancheur l'eut mis à nu, eut terminé sa toilette de condamné, quand les bûcherons en eurent sapé la base, cinq hommes commencèrent à tirer sur la corde attachée au faîte.

L'arbre résista; son tronc puissant bien qu'entaillé jusqu'au milieu, était rigide comme du fer. Les ouvriers, tous ensemble, avec une sorte de saut régulier, tendaient la corde en se couchant jusqu'à terre, et ils poussaient un cri de gorge essoufflé qui montrait et réglait leur effort.

Deux bûcherons, debout contre le géant, demeuraient la hache au poing, pareils à deux bourreaux prêts à frapper encore, et Renardet, immobile, la main sur l'écorce, attendait la chute avec une émotion inquiète et nerveuse.

Un des hommes lui dit : « Vous êtes trop près, monsieur le maire; quand il tombera, ça pourrait vous blesser. »

Il ne répondit pas et ne recula point; il semblait prêt à saisir lui-même à pleins bras le hêtre pour le terrasser comme un lutteur.

Ce fut tout à coup, dans le pied de la haute colonne de bois, un déchirement qui sembla courir jusqu'au sommet comme une secousse douloureuse; et elle s'inclina un peu, prête à tomber,

mais résistant encore. Les hommes, excités, roi-
dirent leurs bras, donnèrent un effort plus grand;
et comme l'arbre, brisait, croulait, soudain Renardet fit un pas en avant, puis s'arrêta, les épaules
soulevées pour recevoir le choc irrésistible, le choc
mortel qui l'écraserait sur le sol.

Mais le hêtre, ayant un peu dévié, lui frôla
seulement les reins, le jetant sur la face à cinq
mètres de là.

Les ouvriers s'élancèrent pour le relever; il
s'était déjà soulevé lui-même sur les genoux,
étourdi, les yeux égarés, et passant la main sur
son front, comme s'il se réveillait d'un accès de
folie.

Quand il se fut remis sur ses pieds, les hommes,
surpris, l'interrogèrent, ne comprenant point ce
qu'il avait fait. Il répondit, en balbutiant, qu'il
avait eu un moment d'égarement, ou, plutôt, une
seconde de retour à l'enfance, qu'il s'était imaginé
avoir le temps de passer sous l'arbre, comme les
gamins passent en courant devant les voitures au
trot, qu'il avait joué au danger, que, depuis huit
jours, il sentait cette envie grandir en lui, en se
demandant, chaque fois qu'un arbre craquait pour
tomber, si on pourrait passer dessous sans être
touché. C'était une bêtise, il l'avouait; mais tout
le monde a de ces minutes d'insanité et de ces ten-
tations d'une stupidité puérile.

Il s'expliquait lentement, cherchant ses mots, la
voix sourde; puis il s'en alla en disant : « A demain, mes amis, à demain. »

Dès qu'il fut rentré dans sa chambre, il s'assit
devant sa table, que sa lampe, coiffée d'un abat-

jour, éclairait vivement, et, prenant son front
entre ses mains, il se mit à pleurer.

Il pleura longtemps, puis s'essuya les yeux, releva la tête et regarda sa pendule. Il n'était pas
encore six heures. Il pensa : « J'ai le temps avant
le dîner », et il alla fermer sa porte à clef. Il
revint alors s'asseoir devant sa table; il fit sortir
le tiroir du milieu, prit dedans un revolver et le
posa sur ses papiers, en pleine clarté. L'acier de
l'arme luisait, jetait des reflets pareils à des
flammes.

Renardet le contempla quelque temps avec l'œil
trouble d'un homme ivre; puis il se leva et se mit
à marcher.

Il allait d'un bout à l'autre de l'appartement,
et de temps en temps s'arrêtait pour repartir
aussitôt. Soudain, il ouvrit la porte de son
cabinet de toilette, trempa une serviette dans la
cruche à eau et se mouilla le front, comme il
avait fait le matin du crime. Puis il se remit à
marcher. Chaque fois qu'il passait devant sa table,
l'arme brillante attirait son regard, sollicitait sa
main; mais il guettait la pendule et pensait : « J'ai
encore le temps. »

La demie de six heures sonna. Il prit alors le
revolver, ouvrit la bouche toute grande avec une
affreuse grimace, et enfonça le canon dedans
comme s'il eût voulu l'avaler. Il resta ainsi quelques secondes, immobile, le doigt sur la gâchette,
puis, brusquement secoué par un frisson d'horreur, il cracha le pistolet sur le tapis.

Et il retomba sur son fauteuil en sanglotant :
« Je ne peux pas. Je n'ose pas! Mon Dieu! Mon

Dieu! Comment faire pour avoir le courage de me tuer! »

On frappait à la porte; il se dressa, affolé. Un domestique disait : « Le dîner de monsieur est prêt. » Il répondit : « C'est bien. Je descends. »

Alors il ramassa l'arme, l'enferma de nouveau dans le tiroir, puis se regarda dans la glace de la cheminée pour voir si son visage ne lui semblait pas trop convulsé. Il était rouge, comme toujours, un peu plus rouge peut-être. Voilà tout. Il descendit et se mit à table.

Il mangea lentement, en homme qui veut faire traîner le repas, qui ne veut point se retrouver seul avec lui-même. Puis il fuma plusieurs pipes dans la salle pendant qu'on desservait. Puis il remonta dans sa chambre.

Dès qu'il s'y fut enfermé, il regarda sous son lit, ouvrit toutes ses armoires, explora tous les coins, fouilla tous les meubles. Il alluma ensuite les bougies de sa cheminée, et, tournant plusieurs fois sur lui-même, parcourut de l'œil tout l'appartement avec une angoisse d'épouvante qui lui crispait la face, car il savait bien qu'il allait la voir, comme toutes les nuits, la petite Roque, la petite fille qu'il avait violée, puis étranglée.

Toutes les nuits, l'odieuse vision recommençait. C'était d'abord dans ses oreilles une sorte de ronflement comme le bruit d'une machine à battre ou le passage lointain d'un train sur un pont. Il commençait alors à haleter, à étouffer, et il lui fallait déboutonner son col de chemise et sa ceinture. Il marchait pour faire circuler le sang, il essayait de lire, il essayait de chanter; c'était en vain; sa pensée, malgré lui, retournait au jour du meurtre, et le lui faisait recommencer dans ses détails les plus secrets, avec toutes ses émotions les plus violentes de la première minute à la dernière.

Il avait senti, en se levant, ce matin-là, le matin de l'horrible jour, un peu d'étourdissement et de migraine qu'il attribuait à la chaleur, de sorte qu'il était resté dans sa chambre jusqu'à l'appel du déjeuner. Après le repas, il avait fait la sieste; puis il était sorti vers la fin de l'après-midi pour respirer la brise fraîche et calmante sous les arbres de sa futaie.

Mais, dès qu'il fut dehors, l'air lourd et brûlant de la plaine l'oppressa davantage. Le soleil, encore haut dans le ciel, versait sur la terre calcinée, sèche et assoiffée, des flots de lumière ardente. Aucun souffle de vent ne remuait les feuilles. Toutes les bêtes, les oiseaux, les sauterelles elles-mêmes se taisaient. Renardet gagna les grands arbres et se mit à marcher sur la mousse où la Brindille évaporait un peu de fraîcheur sous l'immense toiture de branches. Mais il se sentait mal à l'aise. Il lui semblait qu'une main inconnue, invisible, lui serrait le cou et il ne songeait presque à rien, ayant d'ordinaire peu d'idées dans la tête. Seule, une pensée vague le hantait depuis trois mois, la pensée de se remarier. Il souffrait de vivre seul, il en souffrait moralement et physiquement. Habitué depuis dix ans à sentir une femme près de lui, accoutumé à sa présence de tous les instants, à son étreinte quotidienne, il avait besoin, un besoin impérieux et confus de son contact incessant et de son baiser régulier. Depuis la mort de Mme Renardet, il souffrait sans cesse sans bien comprendre pourquoi, il souffrait de ne plus sentir sa robe frôler ses jambes tout le jour, et de ne plus pouvoir se calmer et s'affaiblir entre ses bras, surtout. Il était veuf depuis six mois à peine et il cherchait déjà dans les environs quelle jeune fille ou quelle veuve il pourrait épouser lorsque son deuil serait fini.

Il avait une âme chaste, mais logée dans un corps puissant d'Hercule, et des images charnelles commençaient à troubler son sommeil et ses veilles. Il les chassait; elles revenaient; et il murmurait par moments en souriant de lui-même :
« Me voici comme saint Antoine. »

Ayant eu ce matin-là plusieurs de ces visions obsédantes, le désir lui vint tout à coup de se baigner dans la Brindille pour se rafraîchir et apaiser l'ardeur de son sang.

Il connaissait un peu plus loin un endroit large et profond où les gens du pays venaient se tremper quelquefois en été. Il y alla.

Des saules épais cachaient ce bassin clair où le courant se reposait, sommeillait un peu avant de repartir. Renardet, en approchant, crut entendre un léger bruit, un faible clapotement qui n'était point celui du ruisseau sur les berges. Il écarta doucement les feuilles et regarda. Une fillette, toute nue, toute blanche à travers l'onde transparente, battait l'eau des deux mains, en dansant un peu dedans, et tournant sur elle-même avec des gestes gentils. Ce n'était plus une enfant, ce n'était pas encore une femme : elle était grasse et formée, tout en gardant un air de gamine précoce, poussée vite, presque mûre. Il ne bougeait plus, perclus de surprise, d'angoisse, le souffle coupé par une émotion bizarre et poignante. Il demeurait là, le cœur battant comme si un de ses rêves sensuels venait de se réaliser, comme si une fée impure eût fait apparaître devant lui cet être troublant et trop jeune, cette petite Vénus paysanne, née dans les bouillons du ruisselet, comme l'autre, la grande, dans les vagues de la mer.

Soudain l'enfant sortit du bain, et, sans le voir, s'en vint vers lui pour chercher ses hardes et se rhabiller. A mesure qu'elle approchait à petits pas hésitants, par crainte des cailloux pointus, il se sentait poussé vers elle par une force irrésistible, par un emportement bestial qui soulevait toute sa chair, affolait son âme et le faisait trembler des pieds à la tête.

Elle resta debout, quelques secondes, derrière le saule qui la cachait. Alors, perdant toute raison, il ouvrit les branches, se rua sur elle et la saisit dans ses bras. Elle tomba, trop effarée pour résister, trop épouvantée pour appeler, et il la posséda sans comprendre ce qu'il faisait.

Il se réveilla de son crime, comme on se réveille d'un cauchemar. L'enfant commençait à pleurer.

Il dit : « Tais-toi, tais-toi donc. Je te donnerai de l'argent. »

Mais elle n'écoutait pas; elle sanglotait.

Il reprit : « Mais tais-toi donc. Tais-toi donc. Tais-toi donc. »

Elle hurla en se tordant pour s'échapper.

Il comprit brusquement qu'il était perdu; et il

la saisit par le cou pour arrêter dans sa bouche ces clameurs déchirantes et terribles. Comme elle continuait à se débattre avec la force exaspérée d'un être qui veut fuir la mort, il ferma ses mains de colosse sur la petite gorge gonflée de cris, et il l'eut étranglée en quelques instants, tant il serrait furieusement, sans qu'il songeât à la tuer, mais seulement pour la faire taire.

Puis il se dressa, éperdu d'horreur.

Elle gisait devant lui, sanglante et la face noire. Il allait se sauver, quand surgit dans son âme bouleversée l'instinct mystérieux et confus qui guide tous les êtres en danger.

Il faillit jeter le corps à l'eau : mais une autre impulsion le poussa vers les hardes dont il fit un mince paquet. Alors, comme il avait de la ficelle dans ses poches, il le lia et le cacha dans un trou profond du ruisseau, sous un tronc d'arbre dont le pied baignait dans la Brindille.

Puis il s'en alla, à grands pas, gagna les prairies, fit un immense détour pour se montrer à des paysans qui habitaient fort loin de là, de l'autre côté du pays, et il rentra pour dîner à l'heure ordinaire en racontant à ses domestiques tout le parcours de sa promenade.

Il dormit pourtant cette nuit-là; il dormit d'un épais sommeil de brute, comme doivent dormir quelquefois les condamnés à mort. Il n'ouvrit les yeux qu'aux premières lueurs du jour, et il attendit, torturé par la peur du forfait découvert, l'heure ordinaire de son réveil.

Puis il dut assister à toutes les constatations. Il le fit à la façon des somnambules, dans une hallu-

cination qui lui montrait les choses et les hommes
à travers une sorte de songe, dans un nuage
d'ivresse, dans ce doute d'irréalité qui trouble
l'esprit aux heures des grandes catastrophes.

Seul le cri déchirant de la Roque lui traversa
le cœur. A ce moment il faillit se jeter aux genoux
de la vieille femme en criant : « C'est moi. » Mais
il se contint. Il alla pourtant, durant la nuit,
repêcher les sabots de la morte, pour les porter
sur le seuil de sa mère.

Tant que dura l'enquête, tant qu'il dut guider
et égarer la justice, il fut calme, maître de lui,
rusé et souriant. Il discutait paisiblement avec les
magistrats toutes les suppositions qui leur passaient par l'esprit, combattait leurs opinions,
démolissait leurs raisonnements. Il prenait même
un certain plaisir âcre et douloureux à troubler
leurs perquisitions, à embrouiller leurs idées, à
innocenter ceux qu'ils suspectaient.

Mais à partir du jour où les recherches furent
abandonnées, il devint peu à peu nerveux, plus
excitable encore qu'autrefois, bien qu'il maîtrisât
ses colères. Les bruits soudain le faisaient sauter
de peur; il frémissait pour la moindre chose, tres-
saillait parfois des pieds à la tête quand une
mouche se posait sur son front. Alors un besoin
impérieux de mouvement l'envahit, le força à des
courses prodigieuses, le tint debout des nuits
entières, marchant à travers sa chambre.

Ce n'était point qu'il fût harcelé par des remords. Sa nature brutale ne se prêtait à aucune
nuance de sentiment ou de crainte morale.
Homme d'énergie et même de violence, né pour

faire la guerre, ravager les pays conquis et massacrer les vaincus, plein d'instincts sauvages de chas-
seur et de batailleur, il ne comptait guère la vie
humaine. Bien qu'il respectât l'Eglise, par politique, il ne croyait ni à Dieu, ni au diable, n'attendant par conséquent, dans une autre vie, ni châti-
ment, ni récompense de ses actes en celle-ci. Il
gardait pour toute croyance une vague philoso-
phie faite de toutes les idées des encyclopédistes
du siècle dernier; et il considérait la religion
comme une sanction morale de la loi, l'une et
l'autre ayant été inventées par les hommes pour
régler les rapports sociaux.

Tuer quelqu'un en duel, ou à la guerre, ou dans
une querelle, ou par accident, ou par vengeance,
ou même par forfanterie, lui eût semblé une chose
amusante et crâne, et n'eût pas laissé plus de
traces en son esprit que le coup de fusil tiré sur
un lièvre; mais il avait ressenti une émotion profonde du meurtre de cette enfant. Il l'avait
commis d'abord dans l'affolement d'une ivresse
irrésistible, dans une espèce de tempête sensuelle
emportant sa raison. Et il avait gardé au cœur,
gardé dans sa chair, gardé sur ses lèvres, gardé
jusque dans ses doigts d'assassin une sorte
d'amour bestial, en même temps qu'une horreur
épouvantée pour cette fillette surprise par lui et
tuée lâchement. A tout instant sa pensée revenait
à cette scène horrible; et bien qu'il s'efforçât de
chasser cette image, qu'il l'écartât avec terreur,
avec dégoût, il la sentait rôder dans son esprit,
tourner autour de lui, attendant sans cesse le
moment de réapparaître.

Alors il eut peur des soirs, peur de l'ombre tombant autour de lui. Il ne savait pas encore pourquoi les ténèbres lui semblaient effrayantes, mais il les redoutait d'instinct; il les sentait peuplées de terreurs. Le jour clair ne se prête point aux épouvantes. On y voit les choses et les êtres; aussi n'y rencontre-t-on que les choses et les êtres naturels qui peuvent se montrer dans la clarté. Mais la nuit, la nuit opaque, plus épaisse que des murailles, et vide, la nuit infinie, si noire, si vaste, où l'on peut frôler d'épouvantables choses, la nuit où l'on sent errer, rôder l'effroi mystérieux, lui paraissait cacher un danger inconnu, proche et menaçant! Lequel?

Il le sut bientôt. Comme il était dans son fauteuil, assez tard, un soir qu'il ne dormait pas, il crut voir remuer le rideau de sa fenêtre. Il attendit, inquiet, le cœur battant; la draperie ne bougeait plus; puis, soudain, elle s'agita de nouveau; du moins il pensa qu'elle s'agitait. Il n'osait point se lever; il n'osait plus respirer; et pourtant il était brave; il s'était battu souvent et il aurait aimé découvrir chez lui des voleurs.

Etait-il vrai qu'il remuait, ce rideau? Il se le demandait, craignant d'être trompé par ses yeux. C'était si peu de chose, d'ailleurs, un léger frisson son de l'étoffe, une sorte de tremblement des plis, à peine une ondulation comme celle que produit le vent. Renardet demeurait les yeux fixes, le cou tendu; et brusquement il se leva, honteux de sa peur, fit quatre pas, saisit la draperie à deux mains et l'écarta largement. Il ne vit rien d'abord que les vitres noires, noires comme des plaques d'encre luisante. La nuit, la grande nuit impénétrable s'étendait par-derrière jusqu'à l'invisible horizon. Il restait debout en face de cette ombre illimitée; et tout à coup il y aperçut une lueur, une lueur mouvante qui semblait éloignée. Alors il approcha son visage du carreau, pensant qu'un pêcheur d'écrevisses braconnait sans doute dans la Brindille, car il était minuit passé, et cette lueur rampait au bord de l'eau, sous la futaie. Comme il ne distinguait pas encore, Renardet enferma ses yeux entre ses mains; et brusquement cette lueur devint une clarté et il aperçut la petite Roque nue et sanglante sur la mousse.

Il recula crispé d'horreur, heurta son siège et tomba sur le dos. Il y resta quelques minutes l'âme en détresse, puis il s'assit et se mit à réfléchir. Il avait eu une hallucination, voilà tout; une hallucination venue de ce qu'un maraudeur de nuit marchait au bord de l'eau avec son fanal. Quoi d'étonnant d'ailleurs à ce que le souvenir de son crime jetât en lui, parfois, la vision de la morte.

S'étant relevé, il but un verre d'eau, puis s'assit. Il songeait : « Que vais-je faire, si cela recommence? » Et cela recommencerait, il le sentait, il en était sûr. Déjà la fenêtre sollicitait son regard, l'appelait, l'attirait. Pour ne plus la voir, il tourna sa chaise; puis il prit un livre et essaya de lire; mais il lui sembla entendre bientôt s'agiter quelque chose derrière lui, et il fit brusquement pivoter sur un pied son fauteuil. Le rideau remuait encore; certes, il avait remué, cette fois; il n'en pouvait plus douter; il s'élança et le saisit d'une main si brutale qu'il le jeta bas avec sa galerie; puis il colla avidement sa face contre la vitre. Il ne vit rien. Tout était noir au-dehors; et il respira avec la joie d'un homme dont on vient de sauver la vie.

Donc il retourna s'asseoir; mais presque aussitôt le désir le reprit de regarder de nouveau par la fenêtre. Depuis que le rideau était tombé, elle faisait une sorte de trou sombre attirant, redoutable, sur la campagne obscure. Pour ne point céder à cette dangereuse tentation, il se dévêtit, souffla ses lumières, se coucha et ferma les yeux.

Immobile, sur le dos, la peau chaude et moite, il attendait le sommeil. Une grande lumière tout à coup traversa ses paupières. Il les ouvrit, croyant sa demeure en feu. Tout était noir, et il se mit sur son coude pour tâcher de distinguer sa fenêtre qui l'attirait toujours, invinciblement. A force de chercher à voir, il aperçut quelques étoiles; et il se leva, traversa sa chambre à tâtons, trouva les carreaux avec ses mains étendues, appliqua son front dessus. Là-bas, sous les arbres, le corps de la fillette luisait comme du phosphore, éclairant l'ombre autour de lui!

Renardet poussa un cri et se sauva vers son lit, où il resta jusqu'au matin, la tête cachée sous l'oreiller.

A partir de ce moment, sa vie devint intolérable. Il passait ses jours dans la terreur des nuits; et chaque nuit, la vision recommençait. A peine enfermé dans sa chambre, il essayait de lutter; mais en vain. Une force irrésistible le soulevait et le poussait à sa vitre, comme pour appe-

ler le fantôme et il le voyait aussitôt, couché
d'abord au lieu du crime, couché les bras ouverts,
les jambes ouvertes, tel que le corps avait été
trouvé. Puis la morte se levait et s'en venait, à
petits pas, ainsi que l'enfant avait fait en sortant
de la rivière. Elle s'en venait, doucement, tout
droit en passant sur le gazon et sur la corbeille
de fleurs desséchées; puis elle s'élevait dans l'air,
vers la fenêtre de Renardet. Elle venait vers lui,
comme elle était venue le jour du crime, vers le
meurtrier. Et l'homme reculait devant l'apparition, il reculait jusqu'à son lit et s'affaissait
dessus, sachant bien que la petite était entrée et
qu'elle se tenait maintenant derrière le rideau qui
remuerait tout à l'heure. Et jusqu'au jour il le
regardait, ce rideau, d'un œil fixe, s'attendant sans
cesse à voir sortir sa victime. Mais elle ne se
montrait plus; elle restait là, sous l'étoffe agitée
parfois d'un tremblement. Et Renardet, les doigts
crispés sur ses draps, les serrait ainsi qu'il avait
serré la gorge de la petite Roque. Il écoutait sonner les heures; il entendait battre dans le silence
le balancier de sa pendule et les coups profonds
de son cœur. Et il souffrait, le misérable, plus
qu'aucun homme n'avait jamais souffert.

Puis, dès qu'une ligne blanche apparaissait au
plafond, annonçant le jour prochain, il se sentait
délivré, seul enfin, seul dans sa chambre; et il se
recouchait. Il dormait alors quelques heures, d'un
sommeil inquiet et fiévreux, où il recommençait
souvent en rêve l'épouvantable vision de ses
veilles.

Quand il descendait plus tard pour le déjeuner

de midi, il se sentait courbaturé comme après de prodigieuses fatigues; et il mangeait à peine, hanté toujours par la crainte de celle qu'il reverrait la nuit suivante.

Il savait bien pourtant que ce n'était pas une apparition, que les morts ne reviennent point, et que son âme malade, son âme obsédée par une pensée unique, par un souvenir inoubliable, était la seule cause de son supplice, la seule évocatrice de la morte ressuscitée par elle, appelée par elle et dressée aussi par elle devant ses yeux où restait empreinte l'image ineffaçable. Mais il savait aussi qu'il ne guérirait pas, qu'il n'échapperait jamais à la persécution sauvage de sa mémoire : et il se résolut à mourir, plutôt que de supporter plus longtemps ces tortures.

Alors il chercha comment il se tuerait. Il voulait quelque chose de simple et de naturel, qui ne laisserait pas croire à un suicide. Car il tenait à sa réputation, au nom légué par ses pères; et si on soupçonnait la cause de sa mort, on songerait sans doute au crime inexpliqué, à l'introuvable meurtrier, et on ne tarderait point à l'accuser du forfait.

Une idée étrange lui était venue, celle de se faire écraser par l'arbre au pied duquel il avait assassiné la petite Roque. Il se décida donc à faire abattre sa futaie et à simuler un accident. Mais le hêtre refusa de lui casser les reins.

Rentré chez lui, en proie à un désespoir éperdu, il avait saisi son revolver, et puis il n'avait pas osé tirer.

L'heure du dîner sonna, il avait mangé, puis

était remonté. Et il ne savait pas ce qu'il allait
faire. Il se sentait lâche maintenant qu'il avait
échappé une première fois. Tout à l'heure il était
prêt, fortifié, décidé, maître de son courage et de
sa résolution; à présent, il était faible et il avait
peur de la mort, autant que de la morte.

Il balbutiait : « Je n'oserai plus, je n'oserai
plus »; et il regardait avec terreur, tantôt l'arme
sur sa table, tantôt le rideau qui cachait sa
fenêtre. Il lui semblait aussi que quelque chose
d'horrible aurait lieu sitôt que sa vie cesserait!
Quelque chose? Quoi? Leur rencontre peut-être?
Elle le guettait, elle l'attendait, l'appelait, et
c'était pour le prendre à son tour, pour l'attirer
dans sa vengeance et le décider à mourir qu'elle
se montrait ainsi tous les soirs.

Il se mit à pleurer comme un enfant, répétant :
« Je n'oserai plus, je n'oserai plus. » Puis il
tomba sur les genoux, et balbutia : « Mon Dieu,
mon Dieu! » Sans croire à Dieu, pourtant. Et il
n'osait plus, en effet, regarder sa fenêtre où il
savait blottie l'apparition, ni sa table où luisait
son revolver.

Quand il se fut relevé, il dit tout haut : « Ça
ne peut pas durer, il faut en finir. » Le son de sa
voix dans la chambre silencieuse lui fit passer
un frisson de peur le long des membres; mais
comme il ne se décidait à prendre aucune résolution; comme il sentait bien que le doigt de sa
main refuserait toujours de presser la gâchette de
l'arme, il retourna cacher sa tête sous les couvertures de son lit, et il réfléchit.

Il lui fallait trouver quelque chose qui le for-

cerait à mourir, inventer une ruse contre lui-
même qui ne lui laisserait plus aucune hésitation,
aucun retard, aucun regret possibles. Il enviait les
condamnés qu'on mène à l'échafaud au milieu
des soldats. Oh! s'il pouvait prier quelqu'un de
tirer; s'il pouvait, avouant l'état de son âme,
avouant son crime à un ami sûr qui ne le divul-
guerait jamais, obtenir de lui la mort. Mais à qui
demander ce service terrible? A qui? Il cherchait
parmi les gens qu'il connaissait. Le médecin? Non.
Il raconterait cela plus tard, sans doute. Et tout à
coup, une bizarre pensée traversa son esprit. Il
allait écrire au juge d'instruction, qu'il connaissait
intimement, pour se dénoncer lui-même. Il lui
dirait tout, dans cette lettre, et le crime, et les
tortures qu'il endurait, et sa résolution de mourir, et ses hésitations, et le moyen qu'il employait
pour forcer son courage défaillant. Il le supplie-
rait au nom de leur vieille amitié de détruire sa
lettre dès qu'il aurait appris que le coupable
s'était fait justice. Renardet pouvait compter sur
ce magistrat, il le savait sûr, discret, incapable
même d'une parole légère. C'était un de ces
hommes qui ont une conscience inflexible gouver-
née, dirigée, réglée par leur seule raison.

A peine eut-il formé ce projet qu'une joie
bizarre envahit son cœur. Il était tranquille à
présent. Il allait écrire sa lettre, lentement, puis,
au jour levant, il la déposerait dans la boîte
clouée au mur de sa métairie, puis il monterait
sur sa tour pour voir arriver le facteur, et quand
l'homme à la blouse bleue s'en irait, il se jetterait
la tête la première sur les roches où s'appuyaient

les fondations. Il prendrait soin d'être vu d'abord par les ouvriers qui abattaient son bois. Il pourrait donc grimper sur la marche avancée qui portait le mât du drapeau déployé aux jours de fête. Il casserait ce mât d'un secousse et se précipiterait avec lui. Comment douter d'un accident? Et il se tuerait net, étant donnés son poids et la hauteur de sa tour.

Il sortit aussitôt de son lit, gagna sa table et se mit à écrire; il n'oublia rien, pas un détail du crime, par un détail de sa vie d'angoisses, pas un détail des tortures de son cœur et il termina en annonçant qu'il s'était condamné lui-même, qu'il allait exécuter le criminel, et en priant son ami, son ancien ami, de veiller à ce que jamais on n'accusât sa mémoire.

En achevant sa lettre, il s'aperçut que le jour était venu. Il la ferma, la cacheta, écrivit l'adresse, puis il descendit à pas légers, courut jusqu'à la petite boîte blanche collée au mur, au coin de la ferme, et quand il eut jeté dedans ce papier qui énervait sa main, il revint vite, referma les verrous de la grande porte et grimpa sur sa tour pour attendre le passage du piéton qui emporterait son arrêt de mort.

Il se sentait calme, maintenant, délivré, sauvé!

Un vent froid, sec, un vent de glace lui passait sur la face. Il l'aspirait avidement, la bouche ouverte, buvant sa caresse gelée. Le ciel était rouge, d'un rouge ardent, d'un rouge d'hiver, et toute la plaine blanche de givre brillait sous les premiers rayons du soleil, comme si elle eût été poudrée de verre pilé. Renardet, debout, nu-tête, regardait le vaste pays, les prairies à gauche, à droite le village dont les cheminées commençaient à fumer pour le repas du matin.

A ses pieds il voyait couler la Brindille, dans les roches où il s'écraserait tout à l'heure. Il se sentait renaître dans cette belle aurore glacée, et plein de force, plein de vie. La lumière le baignait, l'entourait, le pénétrait comme une espérance. Mille souvenirs l'assaillaient, des souvenirs de matins pareils, de marche rapide sur la terre dure qui sonnait sous les pas, de chasses heureuses au bord des étangs où dorment les canards sauvages. Toutes les bonnes choses qu'il aimait, les bonnes choses de l'existence accouraient dans son souvenir, l'aiguillonnaient de désirs nouveaux, réveillaient tous les appétits vigoureux de son corps actif et puissant.

Et il allait mourir? Pourquoi? Il allait se tuer subitement, parce qu'il avait peur d'une ombre? peur de rien? Il était riche et jeune encore! Quelle folie! Mais il lui suffisait d'une distraction, d'une absence, d'un voyage pour oublier! Cette nuit même, il ne l'avait pas vue, l'enfant, parce que sa pensée, préoccupée, s'était égarée sur autre chose. Peut-être ne la reverrait-il plus? Et si elle le hantait encore dans cette maison, certes, elle ne le suivrait pas ailleurs! la terre était grande, et l'avenir long! Pourquoi mourir?

Son regard errait sur les prairies, et il aperçut une tache bleue dans le sentier le long de la Brindille. C'était Médéric qui s'en venait apporter les lettres de la ville et emporter celles du village.

Renardet eut un sursaut, la sensation d'une douleur le traversant, il s'élança dans l'escalier

tournant pour reprendre sa lettre, pour la récla-
mer au facteur. Peu lui importait d'être vu,
maintenant; il courait à travers l'herbe où moussait la glace légère des nuits, et il arriva devant la
boîte, au coin de la ferme, juste en même temps
que le piéton.

L'homme avait ouvert la petite porte de bois
et prenait les quelques papiers déposés là par des
habitants du pays.

Renardet lui dit :

« Bonjour, Médéric.

— Bonjour, m'sieu le maire.

— Dites donc, Médéric, j'ai jeté à la boîte une
lettre dont j'ai besoin. Je viens vous demander
de me la rendre.

— C'est bien, m'sieu le maire, on vous la
donnera. »

Et le facteur leva les yeux. Il demeura stupéfait
devant le visage de Renardet; il avait les joues
violettes, le regard trouble, cerclé de noir, comme
enfoncé dans la tête, les cheveux en désordre, la
barbe mêlée, la cravate défaite. Il était visible
qu'il ne s'était point couché.

L'homme demanda : « C'est-il que vous êtes
malade, m'sieu le maire? »

L'autre comprenant soudain que son allure devait être étrange, perdit contenance, balbutia :
« Mais non... mais non... Seulement, j'ai sauté du
lit pour vous demander cette lettre... Je dormais...
Vous comprenez?... »

Un vague soupçon passa dans l'esprit de l'ancien soldat.

Il reprit : « Qué lettre?

— Celle que vous allez me rendre. »

Maintenant, Médéric hésitait, l'attitude du maire ne lui paraissait pas naturelle. Il y avait peut-être un secret dans cette lettre, un secret de politique. Il savait que Renardet n'était pas républicain, et il connaissait tous les trucs et toutes les supercheries qu'on emploie aux élections.

Il demanda : « A qui qu'elle est adressée, c'te lettre?

— A M. Putoin, le juge d'instruction; vous savez bien, M. Putoin, mon ami! »

Le piéton chercha dans les papiers et trouva celui qu'on lui réclamait. Alors il se mit à le regarder, le tournant et le retournant dans ses doigts, fort perplexe, fort troublé par la crainte de commettre une faute grave ou de se faire un ennemi du maire.

Voyant son hésitation, Renardet fit un mouvement pour saisir la lettre et la lui arracher. Ce geste brusque convainquit Médéric qu'il s'agissait d'un mystère important et le décida à faire son devoir, coûte que coûte.

Il jeta donc l'enveloppe dans son sac et le referma, en répondant :

« Non, j' peux pas, m'sieu le maire. Du moment qu'elle allait à la justice, j' peux pas. »

Une angoisse affreuse étreignit le cœur de Renardet qui balbutia :

« Mais vous me connaissez bien. Vous pouvez même reconnaître mon écriture. Je vous dis que j'ai besoin de ce papier.

— J' peux pas.

— Voyons, Médéric, vous savez que je suis incapable de vous tromper, je vous dis que j'en ai besoin.

— Non. J' peux pas. »

Un frisson de colère passa dans l'âme violente de Renardet.

« Mais, sacrebleu, prenez garde. Vous savez que je ne badine pas, moi, et que je peux vous faire sauter de votre place, mon bonhomme, et sans tarder encore. Et puis je suis le maire du pays, après tout; et je vous ordonne maintenant de me rendre ce papier. »

Le piéton répondit avec fermeté : « Non, je n' peux pas, m'sieu le maire! »

Alors Renardet, perdant la tête, le saisit par les bras pour lui enlever son sac; mais l'homme se débarrassa d'une secousse et, reculant, leva son bros bâton de houx. Il prononça, toujours calme : « Oh! ne me touchez pas, m'sieu le maire, ou je cogne. Prenez garde. Je fais mon devoir, moi! »

Se sentant perdu, Renardet, brusquement, devint humble, doux, implorant comme un enfant qui pleure.

« Voyons, voyons, mon ami, rendez-moi cette lettre, je vous récompenserai, je vous donnerai cent francs, vous entendez, cent francs. »

L'homme tourna les talons et se mit en route.

Renardet le suivit, haletant, balbutiant :

« Médéric, Médéric, écoutez, je vous donnerai mille francs, vous entendez, mille francs. »

L'autre allait toujours, sans répondre. Renardet reprit : « Je ferai votre fortune... vous entendez, ce que vous voudrez... Cinquante mille francs... pour cette lettre... Qu'est-ce que ça vous

fait?... Vous ne voulez pas? Eh bien, cent mille...
dites... cent mille francs... comprenez-vous!... cent
mille francs... cent mille francs. »

Le facteur se retourna, la face dure, l'œil
sévère : « En voilà assez, ou bien je répéterai à
la justice tout ce que vous venez de me dire là. »

Renardet s'arrêta net. C'était fini. Il n'avait
plus d'espoir. Il se retourna et se sauva vers sa
maison, galopant comme une bête chassée.

Alors Médéric à son tour s'arrêta et regarda
cette fuite avec stupéfaction. Il vit le maire rentrer chez lui, et il attendit encore comme si
quelque chose de surprenant ne pouvait manquer
d'arriver.

Bientôt, en effet, la haute taille de Renardet
apparut au sommet de la tour du Renard. Il
courait autour de la plate-forme comme un fou;
puis il saisit le mât du drapeau et le secoua avec
fureur sans parvenir à le briser, puis soudain,
pareil à un nageur qui pique une tête, il se lança
dans le vide, les deux mains en avant.

Médéric s'élança pour porter secours. En traversant le parc, il aperçut les bûcherons allant au
travail. Il les héla en leur criant l'accident; et ils
trouvèrent au pied des murs un corps sanglant
dont la tête s'était écrasée sur une roche. La Brindille entourait cette roche, et sur ses eaux élargies
en cet endroit, claires et calmes, on voyait couler
un long filet rose de cervelle et de sang mêlés.

L'ÉPAVE

L'ÉPAVE

C'ÉTAIT hier, 31 décembre.

Je venais de déjeuner avec mon vieil ami Georges Garin. Le domestique lui apporta une lettre couverte de cachets et de timbres étrangers.

Georges me dit :

« Tu permets?

— Certainement. »

Et il se mit à lire huit pages d'une grande écriture anglaise, croisée dans tous les sens. Il les lisait lentement, avec une attention sérieuse, avec cet intérêt qu'on met aux choses qui vous touchent le cœur.

Puis il posa la lettre sur un coin de la cheminée, et il dit :

« Tiens, voilà une drôle d'histoire que je ne t'ai jamais racontée, une histoire sentimentale pourtant et qui m'est arrivée! Oh! ce fut un singulier Jour de l'an, cette année-là. Il y a de cela vingt ans... puisque j'avais trente ans et que j'en ai cinquante!...

« J'étais alors inspecteur de la Compagnie d'assurances maritimes que je dirige aujourd'hui. Je me disposais à passer à Paris la fête du 1er janvier, puisqu'on est convenu de faire de ce jour un jour de fête, quand je reçus une lettre du

directeur me donnant l'ordre de partir immédiatement pour l'île de Ré, où venait de s'échouer
un trois-mâts de Saint-Nazaire, assuré par nous.
Il était alors huit heures du matin. J'arrivai à la
Compagnie, à dix heures, pour recevoir des ins-
tructions; et, le soir même je prenais l'express, qui
me déposait à La Rochelle le lendemain
31 décembre.

« J'avais deux heures, avant de monter sur le
bateau de Ré, le *Jean-Guiton*. Je fis un tour en
ville. C'est vraiment une ville bizarre et de grand
caractère que La Rochelle, avec ses rues mêlées
comme un labyrinthe et dont les trottoirs courent
sous des galeries sans fin, des galeries à arcades
comme celles de la rue de Rivoli, mais basses, ces
galeries et ces arcades écrasées, mystérieuses, qui
semblent construites et demeurées comme un
décor de conspirateurs, le décor antique et saisissant des guerres d'autrefois, des guerres de religion héroïques et sauvages. C'est la vieille cité
huguenote, grave, discrète, sans aucun de ces
admirables monuments qui font Rouen si ma-
gnifique, mais remarquable par toute sa physiono-
mie sévère, un peu sournoise aussi, une cité de
batailleurs obstinés, où doivent éclore les fana-
tismes, la ville où s'exalta la foi des calvinistes et
où naquit le complot des quatre sergents.

« Quand j'eus erré quelque temps par ces rues
singulières, je montai sur un petit bateau à vapeur, noir et ventru, qui devait me conduire à
l'île de Ré. Il partit en soufflant, d'un air de
colère, passa entre les deux tours antiques qui
gardent le port, traversa la rade, sortit de la digue

construite par Richelieu, et dont on voit à fleur d'eau les pierres énormes, enfermant la ville comme un immense collier; puis il obliqua vers la droite.

« C'était un de ces jours tristes qui oppressent, écrasent la pensée, compriment le cœur, éteignent en nous toute force et toute énergie; un jour gris glacial, sali par une brume lourde, humide comme de la gelée, infecte à respirer comme une buée d'égout.

« Sous ce plafond de brouillard bas et sinistre, la mer jaune, la mer peu profonde et sablonneuse de ces plages illimitées, restait sans une ride, sans un mouvement, sans vie, une mer d'eau trouble, d'eau grasse, d'eau stagnante. Le *Jean-Guiton* passait dessus en roulant un peu, par habitude, coupait cette masse opaque et lisse, puis laissait derrière lui quelques vagues, quelques clapots, quelques ondulations qui se calmaient bientôt.

« Je me mis à causer avec le capitaine, un petit homme presque sans pattes, tout rond comme son bateau et balancé comme lui. Je voulais quelques détails sur le sinistre que j'allais constater. Un grand trois-mâts carré de Saint-Nazaire, le *Marie-Joseph*, avait échoué, par une nuit d'ouragan, sur les sables de l'île de Ré.

« La tempête avait jeté si loin ce bâtiment, écrivait l'armateur, qu'il avait été impossible de le renflouer et qu'on avait dû enlever au plus vite tout ce qui pouvait en être détaché. Il me fallait donc constater la situation de l'épave, apprécier quel devait être son état avant le naufrage, juger si tous les efforts avaient été tentés pour le remettre à flot. Je venais comme agent de la

Compagnie, pour témoigner ensuite contradictoi-
rement, si besoin était, dans le procès.

« Au reçu de mon rapport, le directeur devait
prendre les mesures qu'il jugerait nécessaires
pour sauvegarder nos intérêts.

« Le capitaine du *Jean-Guiton* connaissait parfaitement l'affaire, ayant été appelé à prendre
part, avec son navire, aux tentatives de sauvetage.

« Il me raconta le sinistre, très simple d'ailleurs. Le *Marie-Joseph* poussé par un coup de
vent furieux, perdu dans la nuit, naviguant au
hasard sur une mer d'écume — « une mer de
soupe au lait », disait le capitaine, — était venu
s'échouer sur ces immenses bancs de sable qui
changent les côtes de cette région en Saharas illi-
mités, aux heures de marée basse.

« Tout en causant, je regardais autour de moi
et devant moi. Entre l'océan et le ciel pesant restait un espace libre où l'œil voyait au loin. Nous
suivions une terre. Je demandai :

« — C'est l'île de Ré?

« — Oui, monsieur. »

« Et tout à coup le capitaine, étendant la main
droit devant nous, me montra, en pleine mer, une
chose presque imperceptible, et me dit :

« — Tenez, voilà votre navire!

« — Le *Marie-Joseph*?...

« — Mais, oui. »

« J'étais stupéfait. Ce point noir, à peu près
invisible, que j'aurais pris pour un écueil, me
paraissait placé à trois kilomètres au moins des côtes.

« Je repris :

« — Mais, capitaine, il doit y avoir cent brasses

« d'eau à l'endroit que vous me désignez? »

« Il se mit à rire.

« — Cent brasses, mon ami!... Pas deux brasses,
« je vous dis!... »

« C'était un Bordelais. Il continua :

« — Nous sommes marée haute, neuf heures
« quarante minutes. Allez-vous-en par la plage
« mains dans vos poches, après le déjeuner de
« l'hôtel du Dauphin, et je vous promets qu'à
« deux heures cinquante ou trois heures au plusse
« vous toucherez l'épave, pied sec, mon ami, et
« vous aurez une heure quarante-cinq à deux
« heures pour rester dessus; pas plusse, par
« exemple : vous seriez pris. Plusse la mer elle va
« loin et plusse elle revient vite. C'est plat comme
« une punaise, cette côte! Remettez-vous en route
« à quatre heures cinquante, croyez-moi; et vous
« remontez à sept heures et demie sur le *Jean-*
« *Guiton* qui vous dépose ce soir même sur le
« quai de La Rochelle. »

« Je remerciai le capitaine et j'allai m'asseoir à
l'avant du vapeur, pour regarder la petite ville de
Saint-Martin, dont nous approchions rapidement.

« Elle ressemblait à tous les ports en miniature
qui servent de capitales à toutes les maigres îles
semées le long des continents. C'était un gros village de pêcheurs, un pied dans l'eau, un pied sur
terre, vivant de poissons et de volailles, de
légumes et de coquilles, de radis et de moules.
L'île est fort basse, peu cultivée, et semble cependant très peuplée; mais je ne pénétrai pas dans
l'intérieur.

« Après avoir déjeuné, je franchis un petit pro-

montoire; puis, comme la mer baissait rapidement, je m'en allai, à travers les sables, vers une
sorte de roc noir que j'apercevais au-dessus de
l'eau, là-bas, là-bas.

« J'allais vite sur cette plaine jaune, élastique
comme de la chair, et qui semblait suer sous mon
pied. La mer, tout à l'heure, était là; maintenant,
j'apercevais au loin, se sauvant à perte de vue, et
je ne distinguais plus la ligne qui séparait le sable
de l'Océan. Je croyais assister à une féerie gigan-
tesque et surnaturelle. L'Atlantique était devant
moi tout à l'heure, puis il avait disparu dans la
grève, comme font les décors dans les trappes, et
je marchais à présent au milieu d'un désert. Seuls,
la sensation, le souffle de l'eau salée demeuraient
en moi. Je sentais l'odeur du varech, l'odeur de
la vague, la rude et bonne odeur des côtes. Je
marchais vite; je n'avais plus froid; je regardais
l'épave échouée, qui grandissait à mesure que
j'avançais et ressemblait à présent à une énorme
baleine naufragée.

« Elle semblait sortir du sol et prenait, sur
cette immense étendue plate et jaune, des propor-
tions surprenantes. Je l'atteignis enfin, après
une heure de marche. Elle gisait sur le flanc, cre-
vée, brisée, montrant, comme les côtes d'une bête,
ses os rompus, ses os de bois goudronné, percés
de clous énormes. Le sable déjà l'avait envahie,
entré par toutes les fentes, et il la tenait, la possé-
dait, ne la lâcherait plus. Elle paraissait avoir pris
racine en lui. L'avant était entré profondément
dans cette plage douce et perfide, tandis que l'arrière, relevé, semblait jeter vers le ciel, comme un

cri d'appel désespéré, ces deux mots blancs sur
le bordage noir : *Marie-Joseph*.

« J'escaladai ce cadavre de navire par le côté
le plus bas; puis parvenu sur le pont, je pénétrai
dans l'intérieur. Le jour, entré par les trappes
défoncées et par les fissures des flancs, éclairait
tristement ces sortes de caves longues et sombres,
pleines de boiseries démolies. Il n'y avait plus rien
là-dedans que du sable qui servait de sol à ce sou-
terrain de planches.

« Je me mis à prendre des notes sur l'état du
bâtiment. Je m'étais assis sur un baril vide et
brisé, et j'écrivais à la lueur d'une large fente par
où je pouvais apercevoir l'étendue illimitée de la
grève. Un singulier frisson de froid et de solitude
me courait sur la peau de moment en moment;
et je cessais d'écrire parfois pour écouter le bruit
vague et mystérieux de l'épave : bruit de crabes
grattant les bordages de leurs griffes crochues,
bruit de mille bêtes toutes petites de la mer, ins-
tallées déjà sur ce mort, et aussi le bruit doux et
régulier du taret qui ronge sans cesse, avec son
grincement de vrille, toutes les vieilles charpentes,
qu'il creuse et dévore.

« Et, soudain, j'entendis des voix humaines
tout près de moi. Je fis un bond comme en face
d'une apparition. Je crus vraiment, pendant une
seconde, que j'allais voir se lever, au fond de la
sinistre cale, deux noyés qui me raconteraient leur
mort. Certes, il ne me fallut pas longtemps pour
grimper sur le pont à la force des poignets : et
j'aperçus debout, à l'avant du navire, un grand
monsieur avec trois jeunes filles, ou plutôt un

grand Anglais avec trois misses. Assurément, ils eurent encore plus peur que moi en voyant surgir cet être rapide sur le trois-mâts abandonné. La plus jeune des fillettes se sauva; les deux autres saisirent leur père à pleins bras; quant à lui, il avait ouvert la bouche; ce fut le seul signe qui laissa voir son émotion.

« Puis, après quelques secondes, il parla :

« — Aoh, môsieu, vos été la propriétaire de « cette bâtiment?

« — Oui, monsieur.

« — Est-ce que je pôvé la visiter?

« — Oui, monsieur. »

« Il prononça alors une longue phrase anglaise où je distinguai seulement ce mot : *gracious,* revenu plusieurs fois.

« Comme il cherchait un endroit pour grimper je lui indiquai le meilleur et je lui tendis la main. Il monta; puis nous aidâmes les trois fillettes, rassurées. Elles étaient charmantes, surtout l'aînée, une blondine de dix-huit ans, fraîche comme une fleur, et si fine, si mignonne! Vraiment, les jolies Anglaises ont bien l'air de tendres fruits de la mer. On aurait dit que celle-là venait de sortir du sable et que ses cheveux en avaient gardé la nuance. Elles font penser, avec leur fraîcheur exquise, aux couleurs délicates des coquilles roses et aux perles nacrées, rares, mystérieuses, écloses dans les profondeurs inconnues des océans.

« Elle parlait un peu mieux que son père; et elle nous servit d'interprète. Il fallut raconter le naufrage dans ses moindres détails, que j'inventai, comme si j'eusse assisté à la catastrophe. Puis,

toute la famille descendit dans l'intérieur de
l'épave. Dès qu'ils eurent pénétré dans cette
sombre galerie, à peine éclairée, ils poussèrent des
cris d'étonnement et d'admiration; et soudain le
père et les trois filles tinrent en leurs mains sans
doute des albums, cachés dans leurs grands vêtements imperméables, et ils commencèrent en
même temps quatre croquis au crayon de ce lieu
triste et bizarre.

« Ils s'étaient assis, côte à côte, sur une poutre en
saillie, et les quatre albums, sur les huit genoux, se
couvraient de petites lignes noires qui devaient repré-
senter le ventre entrouvert du *Marie-Joseph*.

« Tout en travaillant, l'aînée des fillettes causait avec moi, qui continuais à inspecter le squelette du navire.

« J'appris qu'ils passaient l'hiver à Biarritz
et qu'ils étaient venus tout exprès à l'île de Ré,
pour contempler ce trois-mâts enlisé. Ils n'avaient
rien de la morgue anglaise, ces gens; c'étaient de
simples et braves toqués, de ces errants éternels
dont l'Angleterre couvre le monde. Le père long,
sec, la figure rouge encadrée de favoris blancs, vrai
sandwich vivant, une tranche de jambon découpée
en tête humaine entre deux, coussinets de poils;
les filles, hautes sur jambes, de petits échassiers en
croissance, sèches aussi, sauf l'aînée, et gentilles
toutes trois, mais surtout la plus grande.

« Elle avait une si drôle de manière de parler,
de raconter, de rire, de comprendre et de ne pas
comprendre, de lever les yeux pour m'interroger,
des yeux bleus comme l'eau profonde, de cesser
de dessiner pour deviner, de se remettre au travail et

de dire « yes » ou « no », que je serais demeuré un temps indéfini à l'écouter et à la regarder.

« Tout à coup, elle murmura :

« — J'entendais une petite mouvement sur « cette bateau. »

« Je prêtai l'oreille; et je distinguai aussitôt un léger bruit, singulier, continu. Qu'était-ce? Je ne me levai pour aller regarder par la fente, et je poussai un cri violent. La mer nous avait rejoints; elle allait nous entourer!

« Nous fûmes aussitôt sur le pont. Il était trop tard. L'eau nous cernait, et elle courait vers la côte avec une prodigieuse vitesse. Non, cela ne courait pas, cela glissait, rampait, s'allongeait comme une tache démesurée. A peine quelques centimètres d'eau couvraient le sable; mais on ne voyait plus déjà la ligne fuyante de l'imperceptible flot.

« L'Anglais voulut s'élancer; je le retins; la fuite était impossible, à cause des mares profondes que nous avions dû contourner en venant, et où nous tomberions au retour.

« Ce fut, dans nos cœurs, une minute d'horrible angoisse. Puis, la petite Anglaise se mit à sourire et murmura :

« — Ce été nous les naufragés! »

« Je voulus rire; mais la peur m'étreignait, une peur lâche, affreuse, basse et sournoise comme ce flot. Tous les dangers que nous courions m'apparurent en même temps. J'avais envie de crier : « Au secours! » Vers qui?

« Les deux petites Anglaises s'étaient blotties contre leur père, qui regardait, d'un œil consterné, la mer démesurée autour de nous.

« Et la nuit tombait, aussi rapide que l'Océan montant, une nuit lourde, humide, glacée.

« Je dis :

« — Il n'y a rien à faire qu'à demeurer sur ce « bateau. »

« L'Anglais répondit :

« — Oh! yes! »

« Et nous restâmes là un quart d'heure, une demi-heure, je ne sais en vérité, combien de temps à regarder, autour de nous, cette eau jaune qui s'épaississait, tournait, semblait bouillonner, semblait jouer sur l'immense grève reconquise.

« Une des fillettes eut froid, et l'idée nous vint de redescendre, pour nous mettre à l'abri de la brise légère, mais glacée, qui nous effleurait et nous piquait la peau.

« Je me penchai sur la trappe. Le navire était plein d'eau. Nous dûmes alors nous blottir contre le bordage d'arrière, qui nous garantissait un peu.

« Les ténèbres, à présent, nous enveloppaient, et nous restions serrés les uns contre les autres, entourés d'ombre et d'eau. Je sentais trembler, contre mon épaule, l'épaule de la petite Anglaise, dont les dents claquaient par instants; mais je sentais aussi la chaleur douce de son corps à travers les étoffes, et cette chaleur m'était délicieuse comme un baiser. Nous ne parlions plus; nous demeurions immobiles, muets, accroupis comme des bêtes dans un fossé, aux heures d'ouragan. Et, pourtant, malgré tout, malgré la nuit, malgré le danger terrible et grandissant, je commençais à me sentir heureux d'être là, heureux du froid et du péril, heureux de ces longues heures d'ombre et d'angoisse à passer sur cette planche si près de cette jolie et mignonne fillette.

« Je me demandais pourquoi cette étrange sensation de bien-être et de joie qui me pénétrait.

« Pourquoi? Sait-on? Parce qu'elle était là? Qui, elle? Une petite Anglaise inconnue? Je ne l'aimais pas, je ne la connaissais point, et je me sentais attendri, conquis! J'aurais voulu la sauver, me dévouer pour elle, faire mille folies! Etrange chose! Comment se fait-il que la présence d'une femme nous bouleverse ainsi? Est-ce la puissance de sa grâce qui nous enveloppe? la séduction de la joliesse et de la jeunesse qui nous grise comme ferait le vin?

« N'est-ce pas plutôt une sorte de toucher de l'amour, du mystérieux amour qui cherche sans cesse à unir les êtres, qui tente sa puissance dès qu'il a mis face à face l'homme et la femme, et qui les pénètre d'émotion, d'une émotion confuse secrète, profonde, comme on mouille la terre pour y faire pousser des fleurs!

« Mais le silence des ténèbres devenait effrayant, le silence du ciel, car nous entendions autour de nous, vaguement, un bruissement léger, infini, la rumeur de la mer sourde qui montait et le monotone clapotement du courant contre le bateau.

« Tout à coup, j'entendis des sanglots. La plus petite des Anglaises pleurait. Alors son père voulut la consoler, et ils se mirent à parler dans leur langue, que je ne comprenais pas. Je devinai qu'il la rassurait et qu'elle avait toujours peur.

« Je demandai à ma voisine :

« — Vous n'avez pas trop froid, miss?

« — Oh! si. J'avé froid beaucoup. »

« Je voulus lui donner mon manteau, elle le refusa; mais je l'avais ôté; je l'en couvris malgré elle. Dans la courte lutte, je rencontrai sa main, qui me fit passer un frisson charmant dans tout le corps.

« Depuis quelques minutes, l'air devenait plus vif, le clapotis de l'eau plus fort contre les flancs du navire. Je me dressai; un grand souffle me passa sur le visage. Le vent s'élevait!

« L'Anglais s'en aperçut en même temps que moi, et il dit simplement :

« — C'est mauvaise pour nous, cette... »

« Assurément c'était mauvais, c'était la mort certaine si des lames, même de faibles lames, venaient attaquer et secouer l'épave, tellement brisée et disjointe que la première vague un peu rude l'emporterait en bouillie.

« Alors notre angoisse s'accrut de seconde en seconde avec les rafales de plus en plus fortes. Maintenant, la mer brisait un peu, et je voyais dans les ténèbres des lignes blanches paraître et disparaître, des lignes d'écume, tandis que chaque flot heurtait la carcasse du *Marie-Joseph,* l'agitait d'un court frémissement qui nous montait jusqu'au cœur.

« L'Anglaise tremblait; je la sentais frissonner contre moi, et j'avais une envie folle de la saisir dans mes bras.

« Là-bas, devant nous, à gauche, à droite, derrière nous, des phares brillaient sur les côtes, des phares blancs, jaunes, rouges, tournants, pareils à des yeux énormes, à des yeux de géant qui nous

guettaient, attendaient avidement que nous
eussions disparu. Un d'eux surtout m'irritait. Il
s'éteignait toutes les trente secondes pour se
rallumer aussitôt; c'était bien un œil, celui-là, avec
sa paupière sans cesse baissée sur son regard de
feu.

« De temps en temps, l'Anglais frottait une
allumette pour regarder l'heure; puis il remettait
sa montre dans sa poche. Tout à coup, il me dit,
par-dessus les têtes de ses filles, avec une souve-
raine gravité :

« — Mosieu, je vous souhaite bon année. »

« Il était minuit. Je lui tendis ma main, qu'il
serra : puis il prononça une phrase d'anglais, et
soudain ses filles et lui se mirent à chanter le
God save the Queen, qui monta dans l'air noir,
dans l'air muet, et s'évapora à travers l'espace.

« J'eus d'abord envie de rire; puis je fus saisi
par une émotion puissante et bizarre.

« C'était quelque chose de sinistre et de superbe,
ce chant de naufragés, de condamnés, quelque
chose comme une prière, et aussi quelque chose
de plus grand, de comparable à l'antique et su-
blime *Ave, Cæsar, morituri te salutant.*

« Quand ils eurent fini, je demandai à ma
voisine de chanter toute seule une ballade, une
légende, ce qu'elle voudrait, pour faire oublier nos
angoisses. Elle y consentit et aussitôt sa voix claire
et jeune s'envola dans la nuit. Elle chantait une
chose triste sans doute, car les notes traînaient
longtemps, sortaient lentement de sa bouche, et
voletaient, comme des oiseaux blessés, au-dessus
des vagues.

« La mer grossissait, battait maintenant notre épave. Moi, je ne pensais plus qu'à cette voix. Et je pensais aussi aux sirènes. Si une barque avait passé près de nous, qu'auraient dit les matelots? Mon esprit tourmenté s'égarait dans le rêve. Une sirène! N'était-ce point, en effet, une sirène, cette fille de la mer, qui m'avait retenu sur ce navire vermoulu et qui, tout à l'heure, allait s'enfoncer avec moi dans les flots?...

« Mais nous roulâmes brusquement tous les cinq sur le pont, car le *Marie-Joseph* s'était affaissé sur son flanc droit. L'Anglaise étant tombée sur moi, je l'avais saisie dans mes bras, et follement sans savoir, sans comprendre, croyant venue ma dernière seconde, je baisais à pleine bouche sa joue, sa tempe et ses cheveux. Le bateau ne remuait plus; nous autres aussi ne bougions point.

« Le père dit « Kate! » Celle que je tenais répondit « yes », et fit un mouvement pour se dégager. Certes, à cet instant j'aurais voulu que le bateau s'ouvrît en deux pour tomber à l'eau avec elle.

« L'Anglais reprit :

« — Une petite bascoule, ce n'été rien. J'avé « mes trois filles conserves. »

« Ne voyant pas l'aînée, il l'avait crue perdue d'abord!

« Je me relevai lentement, et, soudain, j'aperçus une lumière sur la mer, tout près de nous. Je criai; on répondit. C'était une barque qui nous cherchait, le patron de l'hôtel ayant prévu notre imprudence.

« Nous étions sauvés. J'en fus désolé! On nous

cueillit sur notre radeau, et on nous ramena à Saint-Martin.

« L'Anglais, maintenant, se frottait les mains et murmurait :

« — Bonne souper! bonne souper! »

« On soupa, en effet. Je ne fus pas gai, je regrettais le *Marie-Joseph*.

« Il fallut se séparer, le lendemain, après beaucoup d'étreintes et de promesses de s'écrire. Ils partirent vers Biarritz. Peu s'en fallut que je ne les suivisse.

« J'étais toqué; je faillis demander cette fillette en mariage. Certes, si nous avions passé huit jours ensemble, je l'épousais! Combien l'homme, parfois, est faible et incompréhensible!

« Deux ans s'écoulèrent sans que j'entendisse parler d'eux; puis je reçus une lettre de New York. Elle était mariée, et me le disait. Et, depuis lors, nous nous écrivons tous les ans au 1er janvier. Elle me raconte sa vie, me parle de ses enfants, de ses sœurs, jamais de son mari! Pourquoi? Ah! pourquoi?... Et moi, je ne lui parle que du *Marie-Joseph*... C'est peut-être la seule femme que j'aie aimée... non... que j'aurais aimée... Ah!... voilà... sait-on?... Les événements vous emportent... Et puis... et puis... tout passe... Elle doit être vieille, à présent... je ne la reconnaîtrais pas... Ah! celle d'autrefois... celle de l'épave... quelle créature.... divine! Elle m'écrit que ses cheveux sont tout blancs... Mon Dieu!... ça m'a fait une peine horrible... Ah! ses cheveux blonds!... Non, la mienne n'existe plus... Que c'est triste... tout ça!... »

L'ERMITE

L'ERMITE

Nous avions été voir, avec quelques amis, le vieil ermite installé sur un ancien tumulus couvert de grands arbres, au milieu de la vaste plaine qui va de Cannes à la Napoule.

En revenant, nous parlions de ces singuliers solitaires laïques, nombreux autrefois, et dont la race aujourd'hui disparaît. Nous cherchions les causes morales, nous nous efforcions de déterminer la nature des chagrins qui poussaient jadis les hommes dans les solitudes.

Un de nos compagnons dit tout à coup :

— J'ai connu deux solitaires : un homme et une femme. La femme doit encore être vivante. Elle habitait, il y a cinq ans, une ruine au sommet d'un mont absolument désert sur la côte de Corse, à quinze ou vingt kilomètres de toute maison. Elle vivait là avec une bonne; j'allai la voir. Elle avait été certainement une femme du monde distinguée. Elle me reçut avec politesse et même avec bonne grâce, mais je ne sais rien d'elle; je ne devinai rien.

Quant à l'homme, je vais vous raconter sa sinistre aventure.

Retournez-vous. Vous apercevez là-bas ce mont pointu et boisé qui se détache derrière la Napoule, tout seul en avant des cimes de l'Esterel; on l'appelle dans le pays le mont des Serpents. C'est là que vivait mon solitaire, dans les murs d'un petit temple antique, il y a douze ans environ.

Ayant entendu parler de lui, je me décidai à faire sa connaissance et je partis de Cannes, à cheval, un matin de mars. Laissant ma bête à l'auberge de la Napoule, je me mis à gravir à pied ce singulier cône, haut peut-être de cent cinquante à deux cents mètres et couvert de plantes aromatiques, de cystes surtout, dont l'odeur est si vive et si pénétrante qu'elle trouble et cause un malaise. Le sol est pierreux et on voit souvent glisser sur les cailloux de longues couleuvres qui disparaissent dans les herbes. De là ce surnom bien mérité de mont des Serpents. Dans certains jours, les reptiles semblent vous naître sous les pieds quand on gravit la pente exposée au soleil. Ils sont si nombreux qu'on n'ose plus marcher et qu'on éprouve une gêne singulière, non pas une peur, car ces bêtes sont inoffensives, mais une sorte d'effroi mystique. J'ai eu plusieurs fois la singulière sensation de gravir un mont sacré de l'antiquité, une bizarre colline parfumée et mystérieuse, couverte de cystes et peuplée de serpents et couronnée par un temple.

Ce temple existe encore. On m'a affirmé du moins que ce fut un temple. Car je n'ai pas

cherché à en savoir davantage pour ne pas gâter
mes émotions.

Donc j'y grimpai, un matin de mars, sous prétexte d'admirer le pays. En parvenant au sommet
j'aperçus en effet des murs et, assis sur une pierre,
un homme. Il n'avait guère plus de quarante-cinq
ans, bien que ses cheveux fussent tout blancs; mais
sa barbe était presque noire encore. Il caressait un
chat roulé sur ses genoux et ne semblait point
prendre garde à moi. Je fis le tour des ruines, dont
une partie couverte et fermée au moyen de
branches, de paille, d'herbes et de cailloux, était
habitée par lui, et je revins de son côté.

La vue, de là, est admirable. C'est, à droite,
l'Esterel aux sommets pointus, étrangement dé-
coupés, puis la mer démesurée, s'allongeant jusqu'aux côtes lointaines de l'Italie, avec ses caps
nombreux et, en face de Cannes, les îles de Lérins,
vertes et plates, qui semblent flotter et dont la
dernière présente vers le large un haut et vieux
château fort à tours crénelées, bâti dans les flots
mêmes.

Puis dominant la côte verte, où l'on voit pareilles, d'aussi loin, à des œufs innombrables
pondus au bord du rivage, le long chapelet de
villas et de villes blanches bâties dans les arbres,
s'élèvent les Alpes, dont les sommets sont encore
encapuchonnés de neige.

Je murmurai : « Cristi, c'est beau. »

L'homme leva la tête et dit : « Oui, mais quand
on voit ça toute la journée, c'est monotone. »

Donc il parlait, il causait et il s'ennuyait, mon
solitaire. Je le tenais.

Je ne restai pas longtemps ce jour-là et je m'ef-
forçai seulement de découvrir la couleur de sa
misanthropie. Il me fit surtout l'effet d'un être
fatigué des autres, las de tout, irrémédiablement
désillusionné et dégoûté de lui-même comme du
reste.

Je le quittai après une demi-heure d'entretien.
Mais je revins huit jours plus tard, et encore
une fois la semaine suivante, puis toutes les semaines; si bien qu'avant deux mois nous étions
amis.

Or, un soir de la fin de mai, je jugeai le moment
venu et j'emportai des provisions pour dîner avec
lui sur le mont des Serpents.

C'était un de ces soirs du Midi si odorants dans
ce pays où l'on cultive les fleurs comme le blé
dans le Nord, dans ce pays où l'on fabrique presque toutes les essences qui parfumeront la chair
et les robes des femmes, un de ces soirs où les
souffles des orangers innombrables, dont sont
plantés les jardins et tous les replis des vallons,
troublent et alanguissent à faire rêver d'amour les
vieillards.

Mon solitaire m'accueillit avec une joie visible;
il consentit volontiers à partager mon dîner.

Je lui fis boire un peu de vin dont il avait
perdu l'habitude; il s'anima, et se mit à parler
de sa vie passée. Il avait toujours habité Paris
et vécu en garçon joyeux, me semblait-il.

Je lui demandai brusquement : « Quelle drôle
d'idée vous avez eue de venir vous percher sur
ce sommet! »

Il répondit aussitôt :

— Ah! c'est que j'ai reçu la plus rude secousse
que puisse recevoir un homme. Mais pourquoi
vous cacher ce malheur? Il vous fera me plaindre,
peut-être! Et puis... je ne l'ai jamais dit à personne...
jamais... et je voudrais savoir... une fois... ce qu'en
pense un autre... et comment il le juge.

Né à Paris, élevé à Paris, je grandis et je
vécus dans cette ville. Mes parents m'avaient laissé
quelques milliers de francs de rente, et j'obtins,
par protection, une place modeste et tranquille
qui me faisait riche, pour un garçon.

J'avais mené, dès mon adolescence, une vie de
garçon. Vous savez ce que c'est. Libre et sans
famille, résolu à ne point prendre de femme légi-
time, je passais tantôt trois mois avec l'une, tantôt
six mois avec l'autre, puis un an sans compagne
en butinant sur la masse des filles à prendre ou à
vendre.

Cette existence médiocre, et banale si vous
voulez, me convenait, satisfaisait mes goûts naturels de changement et de badauderie. Je vivais sur
le boulevard, dans les théâtres et les cafés, toujours
dehors, presque sans domicile, bien que propre-
ment logé. J'étais un de ces milliers d'êtres, qui
se laissent flotter, comme des bouchons, dans
la vie; pour qui les murs de Paris sont les murs
du monde, et qui n'ont souci de rien, n'ayant de
passion pour rien. J'étais ce qu'on appelle un bon
garçon, sans qualités et sans défauts. Voilà. Et je
me juge exactement.

Donc, de vingt à quarante ans, mon existence
s'écoula lente et rapide, sans aucun événement
marquant. Comme elles vont vite les années mo-

notones de Paris où n'entre dans l'esprit aucun de
ces souvenirs qui font date, ces années longues
et pressées, banales et gaies, où l'on boit, mange
et rit sans savoir pourquoi, les lèvres tendues vers
tout ce qui se goûte et tout ce qui s'embrasse, sans
avoir envie de rien! On était jeune; on est vieux
sans avoir rien fait de ce que font les autres; sans
aucune attache, aucune racine, aucun lien, presque sans amis, sans parents, sans femmes, sans
enfants!

Donc, j'atteignis doucement et vivement la quarantaine; et pour fêter cet anniversaire, je m'offris,
à moi tout seul, un bon dîner dans un grand café.
J'étais un solitaire dans le monde; je jugeai plaisant de célébrer cette date en solitaire.

Après dîner, j'hésitai sur ce que je ferais. J'eus
envie d'entrer dans un théâtre; et puis l'idée me
vint d'aller en pèlerinage au Quartier latin, où
j'avais fait mon droit jadis. Je traversai donc Paris,
et j'entrai sans préméditation dans une de ces brasseries où l'on est servi par des filles.

Celle qui prenait soin de ma table était toute
jeune, jolie et rieuse. Je lui offris une consom-
mation qu'elle accepta tout de suite. Elle s'assit
en face de moi et me regarda de son œil exercé,
sans savoir à quel genre de mâle elle avait affaire.
C'était une blonde, ou plutôt une blondine, une
fraîche, toute fraîche créature qu'on devinait rose
et potelée sous l'étoffe gonflée du corsage. Je lui
dis les choses galantes et bêtes qu'on dit toujours
à ces êtres-là; et comme elle était vraiment charmante, l'idée me vint soudain de l'emmener... toujours pour fêter ma quarantaine. Ce ne fut ni long

ni difficile. Elle se trouvait libre... depuis quinze jours, me dit-elle... et elle accepta d'abord de venir souper aux Halles quand son service serait fini.

Comme je craignais qu'elle ne me faussât compagnie — on ne sait jamais ce qui peut arriver, ni qui peut entrer dans ces brasseries, ni le vent qui souffle dans une tête de femme —, je demeurai là, toute la soirée, à l'attendre.

J'étais libre aussi, moi, depuis un mois ou deux et je me demandais, en regardant aller de table en table cette mignonne débutante de l'Amour, si je ne ferais pas bien de passer bail avec elle pour quelque temps. Je vous conte là une de ces vulgaires aventures quotidiennes de la vie des hommes à Paris.

Pardonnez-moi ces détails grossiers; ceux qui n'ont pas aimé poétiquement prennent et choisissent les femmes comme on choisit une côtelette à la boucherie, sans s'occuper d'autre chose que de la qualité de leur chair.

Donc, je l'emmenai chez elle, — car j'ai le respect de mes draps. C'était un petit logis d'ouvrière, au cinquième, propre et pauvre; et j'y passai deux heures charmantes. Elle avait, cette petite, une grâce et une gentillesse rares.

Comme j'allais partir, je m'avançai vers la cheminée afin d'y déposer le cadeau réglementaire, après avoir pris jour pour une seconde entrevue avec la fillette, qui demeurait au lit, je vis vaguement une pendule sous globe, deux vases de fleurs et deux photographies dont l'une, très ancienne, une de ces épreuves sur verre appelées daguerréotypes. Je me penchai, par hasard, vers ce portrait,

et je demeurai interdit, trop surpris pour comprendre... C'était le mien, le premier de mes portraits... que j'avais fait faire autrefois, quand je
vivais en étudiant au Quartier latin.

Je le saisis brusquement pour l'examiner de
plus près. Je ne me trompais point... et j'eus envie
de rire tant la chose me parut inattendue et drôle.

Je demandai : « Qu'est-ce que c'est que ce mon-
sieur-là? »

Elle répondit : « C'est mon père, que je n'ai pas
connu. Maman me l'a laissé en me disant de le
garder, que ça me servirait peut-être un jour... »

Elle hésita, se mit à rire, et reprit : « Je ne sais
pas à quoi, par exemple. Je ne pense pas qu'il
vienne me reconnaître. »

Mon cœur battait précipité comme le galop
d'un cheval emporté. Je remis l'image à plat sur
la cheminée, je posai dessus, sans même savoir
ce que je faisais, deux billets de cent francs que
j'avais en poche, et je me sauvai en criant : « A
bientôt... au revoir... ma chérie... au revoir. »

J'entendis qu'elle répondait : « A mardi. »
J'étais dans l'escalier obscur que je descendis à
tâtons.

Lorsque je sortis dehors, je m'aperçus qu'il
pleuvait, et je partis à grands pas, par une rue
quelconque.

J'allais devant moi, affolé, éperdu, cherchant à
me souvenir! Etait-ce possible? — Oui. — Je me
rappelai soudain une fille qui m'avait écrit, un
mois environ après notre rupture, qu'elle était
enceinte de moi. J'avais déchiré ou brûlé la lettre,
et oublié cela. — J'aurais dû regarder la photo-

graphie de la femme sur la cheminée de la petite.
Mais l'aurais-je reconnue? C'était la photographie
d'une vieille femme, me semblait-il.

J'atteignis le quai. Je vis un banc; et je m'assis.
Il pleuvait. Des gens passaient de temps en temps
sous des parapluies. La vie m'apparut odieuse et
révoltante, pleine de misères, de hontes, d'infamies
voulues ou inconscientes. Ma fille!... Je venais peut-
être de posséder ma fille!... Et Paris, ce grand Paris
sombre, morne, boueux, triste, noir, avec toutes
ces maisons fermées, était plein de choses pareilles,
d'adultères, d'incestes, d'enfants violés. Je me rappelai ce qu'on disait des ponts hantés par des vi-
cieux infâmes.

J'avais fait, sans le vouloir, sans le savoir, pis
que ces êtres ignobles. J'étais entré dans la couche
de ma fille!

Je faillis me jeter à l'eau. J'étais fou! J'errai
jusqu'au jour, puis je revins chez moi pour réfléchir.

Je fis alors ce qui me parut le plus sage : je
priai un notaire d'appeler cette petite et de lui
demander dans quelles conditions sa mère lui avait
remis le portrait de celui qu'elle supposait être son
père, me disant chargé de ce soin par un ami.

Le notaire exécuta mes ordres. C'est à son lit
de mort que cette femme avait désigné le père de
sa fille, et devant un prêtre qu'on me nomma.

Alors, toujours au nom de cet ami inconnu, je
fis remettre à cette enfant la moitié de ma fortune,
cent quarante mille francs environ, dont elle ne
peut toucher que la rente, puis je donnai ma dé-
mission de mon emploi, et me voici.

En errant sur ce rivage, j'ai trouvé ce mont et je m'y suis arrêté... jusqu'à quand... je l'ignore.

« Que pensez-vous de moi... et de ce que j'ai fait? »

Je répondis en lui tendant la main :

« Vous avez fait ce que vous deviez faire. Bien d'autres eussent attaché moins d'importance à cette odieuse fatalité. »

Il reprit : « Je le sais, mais, moi, j'ai failli en devenir fou. Il paraît que j'avais l'âme sensible sans m'en être jamais douté. Et j'ai peur de Paris, maintenant, comme les croyants doivent avoir peur de l'enfer. J'ai reçu un coup sur la tête, voilà tout, un coup comparable à la chute d'une tuile quand on passe dans la rue. Je vais mieux depuis quelque temps. »

Je quittai mon solitaire. J'étais fort troublé par son récit.

Je le revis encore deux fois, puis je partis, car je ne reste jamais dans le Midi après la fin de mai.

Quand je revins l'année suivante, l'homme n'était plus sur le mont des Serpents; et je n'ai jamais entendu parler de lui.

Voilà l'histoire de mon ermite.

MADEMOISELLE PERLE

MADEMOISELLE PERLE

I

QUELLE singulière idée j'ai eue, vraiment, ce soir-là, de choisir pour reine Mlle Perle!

Je vais tous les ans faire les Rois chez mon vieil ami Chantal. Mon père, dont il était le plus intime camarade, m'y conduisait quand j'étais enfant. J'ai continué, et je continuerai sans doute tant que je vivrai, et tant qu'il y aura un Chantal en ce monde.

Les Chantal, d'ailleurs, ont une existence singulière; ils vivent à Paris comme s'ils habitaient Grasse, Yvetot ou Pont-à-Mousson.

Ils possèdent, auprès de l'Observatoire, une maison dans un petit jardin. Ils sont chez eux, là, comme en province. De Paris, du vrai Paris, ils ne connaissent rien, ils ne soupçonnent rien, ils sont si loin, si loin! Parfois, cependant, ils y font un voyage, un long voyage. Mme Chantal va aux grandes provisions, comme on dit dans la famille. Voici comment on va aux grandes provisions.

Mlle Perle, qui a les clefs des armoires de cuisine (car les armoires au linge sont administrées par la maîtresse elle-même), Mlle Perle prévient

que le sucre touche à sa fin, que les conserves sont
épuisées, qu'il ne reste plus grand-chose au fond
du sac à café.

Ainsi mise en garde contre la famine,
Mme Chantal passe l'inspection des restes, en prenant des notes sur un calepin. Puis, quand elle
a inscrit beaucoup de chiffres, elle se livre d'abord
à de longs calculs et ensuite à de longues discus-
sions avec Mlle Perle. On finit cependant par se
mettre d'accord et par fixer les quantités de chaque chose dont on se pourvoira pour trois mois :
sucre, riz, pruneaux, café, confitures, boîtes de
petits pois, de haricots, de homard, poissons salés
ou fumés, etc.

Après quoi, on arrête le jour des achats et on
s'en va, en fiacre, dans un fiacre à galerie, chez un
épicier considérable qui habite au-delà des ponts,
dans les quartiers neufs.

Mme Chantal et Mlle Perle font ce voyage ensemble, mystérieusement, et reviennent à l'heure
du dîner, exténuées, bien qu'émues encore, et
cahotées dans le coupé, dont le toit est couvert
de paquets et de sacs, comme une voiture de démé-
nagement.

Pour les Chantal, toute la partie de Paris située
de l'autre côté de la Seine constitue les quartiers
neufs, quartiers habités par une population singulière, bruyante, peu honorable, qui passe les
jours en dissipations, les nuits en fêtes, et qui jette
l'argent par les fenêtres. De temps en temps cependant on mène les jeunes filles au théâtre, à
l'Opéra-Comique ou au Français, quand la pièce
est recommandée par le journal que lit M. Chantal.

Les jeunes filles ont aujourd'hui dix-neuf et dix-sept ans; ce sont deux belles filles, grandes et fraîches, très bien élevées, trop bien élevées, si bien élevées qu'elles passent inaperçues comme deux jolies poupées. Jamais l'idée ne me viendrait de faire attention ou de faire la cour aux demoiselles Chantal; c'est à peine si on ose leur parler, tant on les sent immaculées; on a presque peur d'être inconvenant en les saluant.

Quant au père, c'est un charmant homme, très instruit, très ouvert, très cordial, mais qui aime avant tout le repos, le calme, la tranquillité, et qui a fortement contribué à momifier ainsi sa famille pour vivre à son gré, dans une stagnante immobilité. Il lit beaucoup, cause volontiers, et s'attendrit facilement. L'absence de contacts, de coudoiements et de heurts a rendu très sensible et délicat son épiderme, son épiderme moral. La moindre chose l'émeut, l'agite et le fait souffrir.

Les Chantal ont des relations cependant, mais des relations restreintes, choisies avec soin dans le voisinage. Ils échangent aussi deux ou trois visites par an avec des parents qui habitent au loin.

Quant à moi, je vais dîner chez eux le 15 Août et le jour des Rois. Cela fait partie de mes devoirs comme la communion de Pâques pour les catholiques.

Le 15 Août, on invite quelques amis, mais aux Rois je suis le seul convive étranger.

II

Donc, cette année, comme les autres années, j'ai été dîner chez les Chantal pour fêter l'Epiphanie. Selon la coutume, j'embrassai M. Chantal, Mme Chantal et Mlle Perle, et je fis un grand salut à Mlles Louise et Pauline. On m'interrogea sur mille choses, sur les événements du boulevard, sur la politique, sur ce qu'on pensait dans le public des affaires du Tonkin, et sur nos représentants. Mme Chantal, une grosse dame, dont toutes les idées me font l'effet d'être carrées à la façon des pierres de taille, avait coutume d'émettre cette phrase comme conclusion à toute discussion politique : « Tout cela est de la mauvaise graine pour plus tard. » Pourquoi me suis-je toujours imaginé que les idées de Mme Chantal sont carrées? Je n'en sais rien, mais tout ce qu'elle dit prend cette forme dans mon esprit : un carré, un gros carré avec quatre angles symétriques. Il y a d'autres personnes dont les idées me semblent toujours rondes et roulantes comme des cerceaux. Dès qu'elles ont commencé une phrase sur quelque chose, ça roule, ça va, ça sort par dix, vingt, cinquante idées rondes, des grandes et des petites que je vois courir l'une derrière l'autre, jusqu'au bout de l'horizon. D'autres personnes aussi ont des idées pointues... Enfin, cela importe peu.

On se mit à table comme toujours, et le dîner s'acheva sans qu'on eût dit rien à retenir.

Au dessert, on apporta le gâteau des Rois. Or, chaque année M. Chantal était roi. Etait-ce l'effet d'un hasard continu ou d'une convention fami- liale, je n'en sais rien, mais il trouvait infaill- liblement la fève dans sa part de pâtisserie, et il proclamait reine Mme Chantal. Aussi, fus-je stu- péfait en sentant dans une bouchée de brioche quelque chose de très dur qui faillit me casser une dent. J'ôtai doucement cet objet de ma bouche et j'aperçus une petite poupée de porce- laine, pas plus grosse qu'un haricot. La surprise me fit dire : « Ah! » On me regarda, et Chantal s'écria en battant des mains : « C'est Gaston. C'est Gaston. Vive le roi! vive le roi! »

Tout le monde reprit en chœur : « Vive le roi! » Et je rougis jusqu'aux oreilles, comme on rougit souvent, sans raison, dans les situations un peu sottes. Je demeurais les yeux baissés, tenant entre deux doigts ce grain de faïence, m'efforçant de rire et ne sachant que faire ni que dire, lorsque Chantal reprit : « Mainte-nant, il faut choisir une reine. »

Alors je fus atterré. En une seconde, mille pen- sées, mille suppositions me traversèrent l'esprit. Voulait-on me désigner une des demoiselles Chan- tal? Etait-ce là un moyen de me faire dire celle que je préférais? Etait-ce une douce, légère, insen- sible poussée des parents vers un mariage pos- sible? L'idée de mariage rôde sans cesse dans toutes les maisons à grandes filles et prend toutes les formes, tous les déguisements, tous les moyens.

Une peur atroce de me compromettre m'envahit, et aussi une extrême timidité, devant l'attitude si obstinément correcte et fermée de Mlles Louise et Pauline. Elire l'une d'elles au détriment de l'autre, me sembla aussi difficile que de choisir entre deux gouttes d'eau; et puis, la crainte de m'aventurer dans une histoire où je serais conduit au mariage malgré moi, tout doucement, par des procédés aussi discrets, aussi inaperçus et aussi calmes que cette royauté insignifiante, me troublait horriblement.

Mais tout à coup, j'eus une inspiration, et je tendis à Mlle Perle la poupée symbolique. Tout le monde fut d'abord surpris, puis on apprécia sans doute ma délicatesse et ma discrétion, car on applaudit avec furie. On criait : « Vive la reine! vive la reine! »

Quant à elle, la pauvre vieille fille, elle avait perdu toute contenance; elle tremblait, effarée, et balbutiait : « Mais non... mais non... mais non... pas moi... je vous en prie... pas moi... je vous en prie »...

Alors, pour la première fois de ma vie, je regardai Mlle Perle et je me demandai ce qu'elle était.

J'étais habitué à la voir dans cette maison comme on voit les vieux fauteuils de tapisserie sur lesquels on s'assied depuis son enfance sans y avoir jamais pris garde. Un jour, on ne sait pourquoi, parce qu'un rayon de soleil tombe sur le siège, on se dit tout à coup : « Tiens, mais il est fort curieux, ce meuble »; et on découvre que le bois a été travaillé par un artiste, et que, l'étoffe est remarquable. Jamais je n'avais pris garde à Mlle Perle.

Elle faisait partie de la famille Chantal, voilà tout; mais comment? A quel titre? — C'était une grande personne maigre qui s'efforçait de rester inaperçue, mais qui n'était pas insignifiante. On la traitait amicalement, mieux qu'une femme de charge, moins bien qu'une parente. Je saisissais tout à coup, maintenant, une quantité de nuances dont je ne m'étais point souci jusqu'ici. Mme Chantal disait : « Perle. » Les jeunes filles : « Mademoiselle Perle », et Chantal ne l'appelait que « Mademoiselle », d'un air plus révérend peut-être.

Je me mis à la regarder. — Quel âge avait-elle? Quarante ans? Oui, quarante ans. — Elle n'était pas vieille, cette fille, elle se vieillissait. Je fus soudain frappé par cette remarque. Elle se coiffait, s'habillait, se parait ridiculement, et malgré tout, elle n'était point ridicule, tant elle portait en elle de grâce simple, naturelle, de grâce voilée, cachée avec soin. Quelle drôle de créature, vraiment! Comment ne l'avais-je jamais mieux observée? Elle se coiffait d'une façon grotesque, avec de petits frisons vieillots tout à fait farces; et, sous cette chevelure à la Vierge conservée, on voyait un grand front calme, coupé par deux rides profondes, deux rides de longues tristesses, puis deux yeux bleus, larges et doux, si timides, si craintifs, si humbles, deux beaux yeux restés si naïfs, pleins d'étonnements de fillette, de sensations jeunes et aussi de chagrins qui avaient passé dedans, en les attendrissant, sans les troubler.

Tout le visage était fin et discret, un de ces visages qui se sont éteints sans avoir été usés, ou

fanés par les fatigues ou les grandes émotions de
la vie.

Quelle jolie bouche! et quelles jolies dents!
Mais on eût dit qu'elle n'osait pas sourire.

Et, brusquement, je la comparai à Mme Chantal! Certes, Mlle Perle était mieux, cent fois
mieux, plus fine, plus noble, plus fière.

J'étais stupéfait de mes observations. On versait du champagne. Je tendis mon verre à la
reine, en portant sa santé avec un compliment
bien tourné. Elle eut envie, je m'en aperçus, de
se cacher la figure dans sa serviette; puis, comme
elle trempait ses lèvres dans le vin clair, tout le
monde cria : « La reine boit! la reine boit! »
Elle devint alors toute rouge et s'étrangla. On
riait; mais je vis bien qu'on l'aimait beaucoup
dans la maison.

III

Dès que le dîner fut fini, Chantal me prit par
le bras. C'était l'heure de son cigare, heure sa-
crée. Quand il était seul, il allait le fumer dans
la rue; quand il avait quelqu'un à dîner, on
montait au billard, et il jouait en fumant. Ce
soir-là on avait même fait du feu dans le billard,
à cause des Rois; et mon vieil ami prit sa queue,
une queue très fine qu'il frotta de blanc avec
grand soin, puis il dit :

« A toi, mon garçon! »

Car il me tutoyait, bien que j'eusse vingt-cinq ans, mais il m'avait vu tout enfant.

Je commençai donc la partie; je fis quelques carambolages; j'en manquai quelques autres; mais comme la pensée de Mlle Perle me rôdait dans la tête, je demandai tout à coup :

« Dites donc, monsieur Chantal, est-ce que Mlle Perle est votre parente? »

Il cessa de jouer, très étonné, et me regarda :

« Comment, tu ne sais pas? tu ne connais pas l'histoire de Mlle Perle?

— Mais non.

— Ton père ne te l'a jamais racontée?

— Mais non.

— Tiens, tiens, que c'est drôle! ah! par exemple, que c'est drôle! Oh! mais, c'est toute une aventure! »

Il se tut, puis reprit :

« Et si tu savais comme c'est singulier que tu me demandes ça aujourd'hui, un jour des Rois!

— Pourquoi?

— Ah! pourquoi! Ecoute. Voilà de cela quarante et un ans, quarante et un ans aujourd'hui même, jour de l'Epiphanie. Nous habitions alors Roüy-le-Tors, sur les remparts; mais il faut d'abord t'expliquer la maison pour que tu comprennes bien. Roüy est bâti sur une côte, ou plutôt sur un mamelon qui domine un grand pays de prairies. Nous avions là une maison avec un beau jardin suspendu, soutenu en l'air par les vieux murs de défense. Donc la maison était dans la ville, dans la rue, tandis que le jardin dominait la plaine. Il y avait aussi une porte de sortie de ce jardin sur la campagne, au bout d'un escalier secret qui descendait dans l'épaisseur des murs, comme on en trouve dans les romans. Une route passait devant cette porte qui était munie d'une grosse cloche, car les paysans, pour éviter le grand tour, apportaient par là leurs provisions.

« Tu vois bien les lieux, n'est-ce pas? Or, cette année-là, aux Rois, il neigeait depuis une semaine. On eût dit la fin du monde. Quand nous allions aux remparts regarder la plaine, ça nous faisait froid dans l'âme, cet immense pays blanc, tout blanc, glacé, et qui luisait comme du vernis. On eût dit que le Bon Dieu avait empaqueté la terre pour l'envoyer au grenier des vieux mondes. Je t'assure que c'était bien triste.

« Nous demeurions en famille à ce moment-là, et nombreux, très nombreux : mon père, ma mère, mon oncle et ma tante, mes deux frères et mes quatre cousines; c'étaient de jolies fillettes; j'ai épousé la dernière. De tout ce monde-là, nous ne sommes plus que trois survivants : ma femme, moi et ma belle-sœur qui habite Marseille. Sacristi, comme ça s'égrène, une famille! ça me fait trembler quand j'y pense! Moi, j'avais quinze ans, puisque j'en ai cinquante-six.

« Donc, nous allions fêter les Rois, et nous étions très gais, très gais! Tout le monde attendait le dîner dans le salon, quand mon frère aîné, Jacques, se mit à dire : « Il y a un chien qui hurle « dans la plaine depuis dix minutes; ça doit être « une pauvre bête perdue. »

« Il n'avait pas fini de parler, que la cloche du

jardin tinta. Elle avait un gros son de cloche
d'église qui faisait penser aux morts. Tout le
monde en frissonna. Mon père appela le domestique et lui dit d'aller voir. On attendit en grand
silence; nous pensions à la neige qui couvrait toute
la terre. Quand l'homme revint, il affirma qu'il
n'avait rien vu. Le chien hurlait toujours, sans
cesse, et sa voix ne changeait point de place.

« On se mit à table; mais nous étions un peu
émus, surtout les jeunes. Ça alla bien jusqu'au
rôti, puis voilà que la cloche se remet à sonner,
trois fois de suite, trois grand coups longs, qui
ont vibré jusqu'au bout de nos doigts et qui nous
ont coupé le souffle, tout net. Nous restions à
nous regarder, la fourchette en l'air, écoutant toujours, et saisis d'une espèce de peur surnaturelle.

« Ma mère enfin parla : « C'est étonnant qu'on
« ait attendu si longtemps pour revenir; n'allez
« pas seul, Baptiste; un de ces messieurs va vous
« accompagner. »

« Mon oncle François se leva. C'était une
espèce d'Hercule, très fier de sa force et qui ne
craignait rien au monde. Mon père lui dit :
« Prends un fusil. On ne sait pas ce que ça peut
« être. »

« Mais mon oncle ne prit qu'une canne et
sortit aussitôt avec le domestique.

« Nous autres, nous demeurâmes frémissants de
terreur et d'angoisse, sans manger, sans parler.
Mon père essaya de nous rassurer : « Vous allez
« voir, dit-il, que ce sera quelque mendiant ou
« quelque passant perdu dans la neige. Après
« avoir sonné une première fois, voyant qu'on

« n'ouvrait pas tout de suite, il a tenté de re-
« trouver son chemin, puis, n'ayant pu y par-
« venir, il est revenu à notre porte. »

« L'absence de mon oncle nous parut durer une
heure. Il revint enfin, furieux, jurant : « Rien,
« nom de nom, c'est un farceur! Rien que ce
« maudit chien qui hurle à cent mètres des murs.
« Si j'avais pris un fusil, je l'aurais tué pour le
« faire taire. »

« On se remit à dîner, mais tout le monde demeurait anxieux; on sentait bien que ce n'était
pas fini, qu'il allait se passer quelque chose, que
la cloche, tout à l'heure, sonnerait encore.

« Et elle sonna, juste au moment où l'on coupait le gâteau des Rois. Tous les hommes se levèrent ensemble. Mon oncle François, qui avait bu
du champagne, affirma qu'il allait LE massacrer,
avec tant de fureur, que ma mère et ma tante se
jetèrent sur lui pour l'empêcher. Mon père, bien
que très calme et un peu impotent (il traînait la
jambe depuis qu'il se l'était cassée en tombant
de cheval), déclara à son tour qu'il voulait savoir
ce que c'était, et qu'il irait. Mes frères, âgés de
dix-huit et de vingt ans, coururent chercher leurs
fusils; et comme on ne faisait guère attention à
moi, je m'emparai d'une carabine de jardin et
je me disposai aussi à accompagner l'expédition.

« Elle partit aussitôt. Mon père et mon oncle
marchaient devant, avec Baptiste, qui portait
une lanterne. Mes frères Jacques et Paul suivaient,
et je venais derrière, malgré les supplications de
ma mère, qui demeurait avec sa sœur et mes cousines sur le seuil de la maison.

« La neige s'était remise à tomber depuis une heure; et les arbres en étaient chargés. Les sapins pliaient sous ce lourd vêtement livide, pareils à des pyramides blanches, à d'énormes pains de sucre; et on apercevait à peine, à travers le rideau gris des flocons menus et pressés, les arbustes plus légers, tout pâles dans l'ombre. Elle tombait si épaisse, la neige, qu'on y voyait tout juste à dix pas. Mais la lanterne jetait une grande clarté devant nous. Quand on commença à descendre par l'escalier tournant creusé dans la muraille, j'eus peur, vraiment. Il me sembla qu'on marchait derrière moi; qu'on allait me saisir par les épaules et m'emporter; et j'eus envie de retourner; mais comme il fallait retraverser tout le jardin, je n'osai pas.

« J'entendis qu'on ouvrait la porte sur la plaine, puis mon oncle se remit à jurer : « Nom « d'un nom, il est reparti! Si j'aperçois seulement « son ombre, je ne le rate pas, ce c...-là. »

« C'était sinistre de voir la plaine, ou, plutôt, de la sentir devant soi, car on ne la voyait pas; on ne voyait qu'un voile de neige sans fin, en haut, en bas, en face, à droite, à gauche, partout.

« Mon oncle reprit : « Tiens, revoilà le chien « qui hurle; je vas lui apprendre comment je tire, « moi. Ça sera toujours ça de gagné. »

« Mais mon père, qui était bon, reprit : « Il « vaut mieux l'aller chercher, ce pauvre animal « qui crie la faim. Il aboie au secours, ce misé- « rable; il appelle comme un homme en détresse. « Allons-y. »

« Et on se mit en route à travers ce rideau, à

travers cette tombée épaisse, continue, à travers cette mousse qui emplissait la nuit et l'air, qui remuait, flottait, tombait et glaçait la chair en fondant, la glaçait comme elle l'aurait brûlée, par une douleur vive et rapide sur la peau, à chaque toucher des petits flocons blancs.

« Nous enfoncions jusqu'aux genoux dans cette pâte molle et froide; et il fallait lever très haut la jambe pour marcher. A mesure que nous avancions, la voix du chien devenait plus claire, plus forte. Mon oncle cria : « Le voici! » On s'arrêta pour l'observer, comme on doit faire en face d'un ennemi qu'on rencontre dans la nuit.

« Je ne voyais rien, moi; alors, je rejoignis les autres, et je l'aperçus; il était effrayant et fantastique à voir, ce chien, un gros chien noir, un chien de berger à grands poils et à tête de loup, dressé sur ses quatre pattes, tout au bout de la longue traînée de lumière que faisait la lanterne sur la neige. Il ne bougeait pas; il s'était tu; et il nous regardait.

« Mon oncle dit : « C'est singulier, il n'avance « ni ne recule. J'ai bien envie de lui flanquer un « coup de fusil. »

« Mon père reprit d'une voix ferme : « Non, il « faut le prendre. »

« Alors mon frère Jacques ajouta : « Mais il « n'est pas seul. Il y a quelque chose à côté de « lui. »

« Il y avait quelque chose derrière lui, en effet, quelque chose de gris, d'impossible à distinguer. On se remit en marche avec précaution.

« En nous voyant approcher, le chien s'assit sur

son derrière. Il n'avait pas l'air méchant. Il semblait
plutôt content d'avoir réussi à attirer des gens.

« Mon père alla droit à lui et le caressa. Le
chien lui lécha les mains; et on reconnut qu'il était
attaché à la roue d'une petite voiture, d'une sorte
de voiture joujou enveloppée tout entière dans
trois ou quatre couvertures de laine. On enleva
ces linges avec soin, et comme Baptiste approchait
sa lanterne de la porte de cette carriole qui ressemblait à une niche roulante, on aperçut dedans
un petit enfant qui dormait.

« Nous fûmes tellement stupéfaits que nous ne
pouvions dire un mot. Mon père se remit le premier, et comme il était de grand cœur, et d'âme
un peu exaltée, il étendit la main sur le toit de
la voiture et il dit : « Pauvre abandonné, tu seras
« des nôtres! » Et il ordonna à mon frère Jacques
de rouler devant nous notre trouvaille.

« Mon père reprit, pensant tout haut :

« — Quelque enfant d'amour dont la pauvre
« mère est venue sonner à ma porte en cette nuit de
« l'Epiphanie, en souvenir de l'Enfant-Dieu. »

« Il s'arrêta de nouveau, et de toute sa force, il
cria quatre fois à travers la nuit vers les quatre
coins du ciel : « Nous l'avons recueilli! » Puis,
posant sa main sur l'épaule de son frère, il murmura : « Si tu avais tiré sur le chien, François?... »

« Mon oncle ne répondit pas, mais il fit, dans
l'ombre, un grand signe de croix, car il était très
religieux, malgré ses airs fanfarons.

« On avait détaché le chien, qui nous suivait.

« Ah! par exemple, ce qui fut gentil à voir,
c'est la rentrée à la maison. On eut d'abord beau-

coup de mal à monter la voiture par l'escalier des remparts; on y parvint cependant et on la roula jusque dans le vestibule.

« Comme maman était drôle, contente et effarée! Et mes quatre petites cousines (la plus jeune avait six ans), elles ressemblaient à quatre poules autour d'un nid. On retira enfin de sa voiture l'enfant qui dormait toujours. C'était une fille, âgée de six semaines environ. Et on trouva dans ses langes dix mille francs en or, oui, dix mille francs; que papa plaça pour lui faire une dot. Ce n'était donc pas une enfant de pauvres... mais peut-être l'enfant de quelque noble avec une petite bourgeoise de la ville... ou encore... nous avons fait mille suppositions et on n'a jamais rien su... mais là, jamais rien... jamais rien... Le chien lui-même ne fut reconnu par personne. Il était étranger au pays. Dans tous les cas, celui ou celle qui était venu sonner trois fois à notre porte connaissait bien mes parents pour les avoir choisis ainsi.

« Voilà donc comment Mlle Perle entra, à l'âge de six semaines, dans la maison Chantal.

« On ne la nomma que plus tard, Mlle Perle, d'ailleurs. On la fit baptiser d'abord : « Marie, « Simonne, Claire », Claire devant lui servir de nom de famille.

« Je vous assure que ce fut une drôle de rentrée dans la salle à manger avec cette mioche réveillée qui regardait autour d'elle ces gens et ces lumières, de ses yeux vagues, bleus et troubles.

« On se remit à table et le gâteau fut partagé. J'étais roi, et je pris pour reine Mlle Perle, comme vous, tout à l'heure. Elle ne se douta guère, ce jour-là, de l'honneur qu'on lui faisait.

« Donc, l'enfant fut adoptée, et élevée dans la famille. Elle grandit; des années passèrent. Elle était gentille, douce, obéissante. Tout le monde l'aimait et on l'aurait abominablement gâtée si ma mère ne l'eût empêché.

« Ma mère était une femme d'ordre et de hiérarchie. Elle consentait à traiter la petite Claire comme ses propres fils, mais elle tenait cependant à ce que la distance qui nous séparait fût bien marquée et la situation bien établie.

« Aussi, dès que l'enfant put comprendre, elle lui fit connaître son histoire et fit pénétrer tout doucement, même tendrement dans l'esprit de la petite, qu'elle était pour les Chantal une fille adoptive, recueillie, mais en somme une étrangère.

« Claire comprit cette situation avec une singulière intelligence, avec un instinct surprenant; et elle sut prendre et garder la place qui lui était laissée, avec tant de tact, de grâce et de gentillesse, qu'elle touchait mon père à le faire pleurer.

« Ma mère elle-même fut tellement émue par la reconnaissance passionnée et le dévouement un peu craintif de cette mignonne et tendre créature, qu'elle se mit à l'appeler : « Ma fille. » Parfois, quand la petite avait fait quelque chose de bon, de délicat, ma mère relevait ses lunettes sur son front, ce qui indiquait toujours une émotion chez elle et elle répétait : « Mais c'est une perle, une « vraie perle, cette enfant! » — Ce nom en resta à la petite Claire qui devint et demeura pour nous Mlle Perle. »

IV

M. Chantal se tut. Il était assis sur le billard, les pieds ballants, et il maniait une boule de la main gauche, tandis que de la droite il tripotait un linge qui servait à effacer les points sur le tableau d'ardoise et que nous appelions « le linge à craie ». Un peu rouge, la voix sourde, il parlait pour lui maintenant, parti dans ses souvenirs, allant doucement, à travers les choses anciennes et les vieux événements qui se réveillaient dans sa pensée, comme on va, en se promenant, dans les vieux jardins de famille où l'on fut élevé, et où chaque arbre, chaque chemin, les houx pointus, les lauriers qui sentent bon, les ifs dont la graine rouge et grasse s'écrase entre les doigts, font surgir, à chaque pas, un petit fait de notre vie passée, un de ces petits faits insignifiants et délicieux qui forme le fond même, la trame de l'existence.

Moi, je restais en face de lui, adossé à la muraille, les mains appuyées sur ma queue de billard inutile.

Il reprit, au bout d'une minute : « Cristi, qu'elle était jolie à dix-huit ans... et gracieuse... et parfaite... Ah! la jolie... jolie... jolie... et bonne... et brave... et charmante fille!... Elle avait des yeux... des yeux bleus... transparents... clairs... comme je n'en ai jamais vu de pareils... jamais! »

Il se tut encore. Je demandai : « Pourquoi ne s'est-elle pas mariée? »

Il répondit, non pas à moi, mais à ce mot qui passait, « mariée ».

« Pourquoi? pourquoi? Elle n'a pas voulu... pas voulu. Elle avait pourtant trente mille francs de dot, et elle fut demandée plusieurs fois... elle n'a pas voulu! Elle semblait triste à cette époque-là. C'est quand j'épousai ma cousine, la petite Charlotte, ma femme, avec qui j'étais fiancé depuis six ans. »

Je regardais M. Chantal et il me semblait que je pénétrais dans son esprit, que je pénétrais tout à coup dans un de ces humbles et cruels drames des cœurs honnêtes, des cœurs droits, des cœurs sans reproches, dans un de ces cœurs inavoués, inexplorés, que personne n'a connu, pas même ceux qui en sont les muettes et résignées victimes.

Et, une curiosité hardie me poussant tout à coup, je prononçai :

« C'est vous qui auriez dû l'épouser, monsieur Chantal? »

Il tressaillit, me regarda, et dit :

« Moi? épouser qui?

— Mlle Perle.

— Pourquoi ça?

— Parce que vous l'aimiez plus que votre cousine. »

Il me regarda avec des yeux étranges, ronds, effarés, puis il balbutia :

« Je l'ai aimée... moi?... comment? qu'est-ce qui t'a dit ça?...

— Parbleu, ça se voit... et c'est même à cause

d'elle que vous avez tardé si longtemps à épouser
votre cousine qui vous attendait depuis six ans. »

Il lâcha la bille qu'il tenait de la main gauche,
saisit à deux mains le linge à craie, et s'en cou-
vrant le visage, se mit à sangloter dedans. Il
pleurait d'une façon désolante et ridicule, comme
pleure une éponge qu'on presse, par les yeux, le
nez et la bouche en même temps. Et il toussait,
crachait, se mouchait dans le linge à craie, s'essuyait les yeux, éternuait, recommençait à couler
par toutes les fentes de son visage, avec un bruit
de gorge qui faisait penser aux gargarismes.

Moi, effaré, honteux, j'avais envie de me sauver
et je ne savais plus que dire, que faire, que tenter.

Et soudain, la voix de Mme Chantal résonna
dans l'escalier : « Est-ce bientôt fini, votre fu-
merie? »

J'ouvris la porte et je criai : « Oui, madame,
nous descendons. »

Puis, je me précipitai vers son mari, et, le saisissant par les coudes : « Monsieur Chantal, mon ami
Chantal, écoutez-moi; votre femme vous appelle,
remettez-vous, remettez-vous vite, il faut descendre;
remettez-vous. »

Il bégaya : « Oui... oui... je viens... pauvre fille!...
je viens... dites-lui que j'arrive. »

Et il commença à s'essuyer consciencieusement
la figure avec le linge qui, depuis deux ou trois
ans essuyait toutes les marques de l'ardoise, puis
il apparut, moitié blanc et moitié rouge, le front,
le nez, les joues et le menton barbouillés de craie,
et les yeux gonflés, encore pleins de larmes.

Je le pris par les mains et l'entraînai dans sa

chambre en murmurant : « Je vous demande pardon, je vous demande bien pardon, monsieur
Chantal, de vous avoir fait de la peine... mais... je
ne savais pas... vous... vous comprenez... »

Il me serra la main : « Oui... oui... il y a des
moments difficiles... »

Puis il se plongea la figure dans sa cuvette.
Quand il en sortit, il ne me parut pas encore pré-
sentable; mais j'eus l'idée d'une petite ruse.
Comme il s'inquiétait, en se regardant dans la
glace, je lui dis : « Il suffira de raconter que vous
avez un grain de poussière dans l'œil, et vous
pourrez pleurer devant tout le monde autant
qu'il vous plaira. »

Il descendit en effet, en se frottant les yeux
avec son mouchoir. On s'inquiéta; chacun voulut
chercher le grain de poussière qu'on ne trouva
point, et on raconta des cas semblables où il était
devenu nécessaire d'aller chercher le médecin.

Moi, j'avais rejoint Mlle Perle et je la regardais
tourmenté par une curiosité ardente, une curiosité qui devenait une souffrance. Elle avait dû
être bien jolie en effet, avec ses yeux doux, si
grands, si calmes, si larges qu'elle avait l'air de
ne les jamais fermer, comme font les autres
humains. Sa toilette était un peu ridicule, une
vraie toilette de vieille fille, et la déparait sans la
rendre gauche.

Il me semblait que je voyais en elle, comme
j'avais vu tout à l'heure dans l'âme de M. Chantal,
que j'apercevais, d'un bout à l'autre, cette vie
humble, simple et dévouée; mais un besoin me
venait aux lèvres, un besoin harcelant de l'inter-

roger, de savoir si, elle aussi, l'avait aimé, lui, si elle avait souffert comme lui de cette longue souffrance secrète, aiguë, qu'on ne voit pas, qu'on ne sait pas, qu'on ne devine pas, mais qui s'échappe la nuit, dans la solitude de la chambre noire. Je la regardais, je voyais battre son cœur sous son corsage à guimpe, et je me demandais si cette douce figure candide avait gémi chaque soir, dans l'épaisseur moite de l'oreiller, et sangloté, le corps secoué de sursauts, dans la fièvre du lit brûlant.

Et je lui dis tout bas, comme font les enfants qui cassent un bijou pour voir dedans : « Si vous aviez vu pleurer M. Chantal tout à l'heure, il vous aurait fait pitié. »

Elle tressaillit : « Comment, il pleurait?

— Oh! oui, il pleurait!

— Et pourquoi ça? »

Elle semblait très émue. Je répondis :

« A votre sujet.

— A mon sujet?

— Oui. Il me racontait combien il vous avait aimée autrefois; et combien il lui en avait coûté d'épouser sa femme au lieu de vous... »

Sa figure pâle me parut s'allonger un peu; ses yeux toujours ouverts, ses yeux calmes se fermèrent tout à coup, si vite qu'ils semblaient s'être clos pour toujours. Elle glissa de sa chaise sur le plancher et s'y affaissa doucement, lentement, comme aurait fait une écharpe tombée.

Je criai : « Au secours! au secours! Mlle Perle se trouve mal. »

Mme Chantal et ses filles se précipitèrent, et

comme on cherchait de l'eau, une serviette et du vinaigre, je pris mon chapeau et je me sauvai.

Je m'en allai à grands pas, le cœur secoué, l'esprit plein de remords et de regrets. Et parfois aussi j'étais content; il me semblait que j'avais fait une chose louable et nécessaire.

Je me demandais : « Ai-je eu tort? Ai-je eu raison? » Ils avaient cela dans l'âme comme on garde du plomb dans une plaie fermée. Maintenant ne seront-ils pas plus heureux? Il était trop tard pour que recommençât leur torture et assez tôt pour qu'ils s'en souvinssent avec attendrissement.

Et peut-être qu'un soir du prochain printemps, émus par un rayon de lune tombé sur l'herbe, à leurs pieds, à travers les branches, ils se prendront et se serreront la main en souvenir de toute cette souffrance étouffée et cruelle; et peut-être aussi que cette courte étreinte fera passer dans leurs veines un peu de ce frisson qu'ils n'auront point connu, et leur jettera, à ces morts ressuscités en une seconde, la rapide et divine sensation de cette ivresse, de cette folie qui donne aux amoureux plus de bonheur en un tressaillement, que n'en peuvent cueillir, en toute leur vie, les autres hommes!

ROSALIE PRUDENT

ROSALIE PRUDENT

Il y avait vraiment dans cette affaire un mystère que ni les jurés, ni le président, ni le procureur de la République lui-même ne parvenaient à comprendre.

La fille Prudent (Rosalie), bonne chez les époux Varambot, de Mantes, devenue grosse à l'insu de ses maîtres, avait accouché, pendant la nuit, dans sa mansarde, puis tué et enterré son enfant dans le jardin.

C'était là l'histoire courante de tous les infanticides accomplis par les servantes. Mais un fait demeurait inexplicable. La perquisition opérée dans la chambre de la fille Prudent avait amené la découverte d'un trousseau complet d'enfant, fait par Rosalie elle-même, qui avait passé ses nuits à le couper et à le coudre pendant trois mois. L'épicier chez qui elle avait acheté de la chandelle, payée sur ses gages, pour ce long travail était venu témoigner. De plus, il demeurait acquis que la sage-femme du pays, prévenue par elle de son état, lui avait donné tous les renseignements et tous les conseils pratiques pour le cas

où l'accident arriverait dans un moment où les
secours demeureraient impossibles. Elle avait
cherché en outre une place à Poissy pour la fille
Prudent qui prévoyait son renvoi, car les époux
Varambot ne plaisantaient pas sur la morale.

Ils étaient là, assistant aux assises, l'homme et
la femme, petits rentiers de province, exaspérés
contre cette traînée qui avait souillé leur maison.
Ils auraient voulu la voir guillotiner tout de
suite, sans jugement, et ils l'accablaient de déposi-
tions haineuses devenues dans leur bouche des ac-
cusations.

La coupable, une belle grande fille de Basse-
Normandie, assez instruite pour son état, pleurait
sans cesse et ne répondait rien.

On en était réduit à croire qu'elle avait accompli cet acte barbare dans un moment de désespoir et de folie, puisque tout indiquait qu'elle
avait espéré garder et élever son fils.

Le président essaya encore une fois de la faire
parler, d'obtenir des aveux, et l'ayant sollicitée
avec une grande douceur, il lui fit enfin comprendre que tous ces hommes réunis pour la juger
ne voulaient point sa mort et pouvaient même la
plaindre.

Alors elle se décida.

Il demandait : « Voyons, dites-nous d'abord
quel est le père de cet enfant? »

Jusque-là elle l'avait caché obstinément.

Elle répondit soudain, en regardant ses maîtres
qui venaient de la calomnier avec rage :

« C'est M. Joseph, le neveu à M. Varambot. »

Les deux époux eurent un sursaut et crièrent

en même temps : « C'est faux! Elle ment. C'est une infamie. »

Le président les fit taire et reprit : « Continuez, je vous prie, et dites-nous comment cela est arrivé. »

Alors elle se mit brusquement à parler avec abondance, soulageant son cœur fermé, son pauvre cœur solitaire et broyé, vidant son chagrin, tout son chagrin maintenant devant ces hommes sévères qu'elle avait pris jusque-là pour des ennemis et des juges inflexibles.

« Oui, c'est M. Joseph Varambot, quand il est venu en congé l'an dernier.

— Qu'est-ce qu'il fait, M. Joseph Varambot?

— Il est sous-officier d'artilleurs, m'sieu. Donc il resta deux mois à la maison. Deux mois d'été. Moi, je ne pensais à rien quand il s'est mis à me regarder, et puis à me dire des flatteries, et puis à me cajoler tant que le jour durait. Moi, je me suis laissé prendre, m'sieu. Il m'répétait que j'étais belle fille, que j'étais plaisante... que j'étais de son goût... Moi, il me plaisait pour sûr... Que voulez-vous? on écoute ces choses-là, quand on est seule... toute seule... comme moi. J'suis seule sur la terre, m'sieu... j'n'ai personne à qui parler... personne à qui compter mes ennuyances... Je n'ai pu d'père, pu d'mère, ni frère, ni sœur, personne! Ça m'a fait comme un frère qui serait r'venu quand il s'est mis à me causer. Et puis, il m'a demandé de descendre au bord de la rivère un soir, pour bavarder sans faire de bruit. J'y suis v'nue, moi... Je sais-t-il? je sais-t-il après?... Il me tenait la taille... Pour sûr, je ne voulais pas... non... non... J'ai pas pu... j'avais envie de pleurer tant que l'air était douce... il faisait clair de lune... J'ai pas pu... Non... je vous jure... j'ai pas pu... il a fait ce qu'il a voulu... Ça a duré encore trois semaines, tant qu'il est resté... Je l'aurais suivi au bout du monde... il est parti... Je ne savais pas que j'étais grosse, moi!... Je ne l'ai su que l'mois d'après... »

Elle se mit à pleurer si fort qu'on dut lui laisser le temps de se remettre.

Puis le président reprit sur un ton de prêtre au confessionnal : « Voyons, continuez. »

Elle recommença à parler : « Quand j'ai vu que j'étais grosse, j'ai prévenu Mme Boudin, la sage-femme, qu'est là pour le dire; et j'y ai demandé la manière pour le cas que ça arriverait sans elle. Et puis j'ai fait mon trousseau, nuit à nuit, jusqu'à une heure du matin chaque soir; et puis j'ai cherché une autre place, car je savais bien que je serais renvoyée; mais j'voulais rester jusqu'au bout dans la maison, pour économiser des sous, vu que j'n'en ai guère, et qu'il m'en faudrait pour le p'tit...

— Alors vous ne vouliez pas le tuer?

— Oh! pour sûr non, m'sieu.

— Pourquoi l'avez-vous tué, alors?

— V'là la chose. C'est arrivé plus tôt que je n'aurais cru. Ça m'a pris dans ma cuisine, comme j'finissais ma vaisselle.

« M. et Mme Varambot dormaient déjà; donc je monte, pas sans peine, en me tirant à la rampe; et je m'couche par terre, sur le carreau, pour n'point gâter mon lit. Ça a duré p't-être une heure, p't-être deux, p't-être trois; je ne sais point,

tant ça me faisait mal; et puis, je l'poussais d'toute
ma force, j'ai senti qu'il sortait, et je l'ai ramassé.

« Oh! oui, j'étais contente, pour sûr! J'ai fait
tout ce que m'avait dit Mme Boudin, tout! Et puis
je l'ai mis sur mon lit, lui! Et puis v'là qu'il me
r'vient une douleur, mais une douleur à mourir.
— Si vous connaissiez ça, vous autres, vous n'en
feriez pas tant, allez! — J'en ai tombé sur les
genoux, puis sur le dos, par terre; et v'là que ça
me reprend, p't-être une heure encore, p't-être
deux, là toute seule... et puis qu'il en sort un
autre..., un autre p'tit..., deux..., oui..., deux...
comme ça! Je l'ai pris comme le premier, et puis je
l'ai mis sur le lit, côte à côte — deux. — Est-ce
possible, dites? Deux enfants! Moi qui gagne vingt
francs par mois! Dites... est ce possible? Un, oui,
ça s'peut, en se privant... mais pas deux! Ça m'a
tourné la tête. Est-ce que je sais, moi? — J'pouvais-
t-il choisir, dites?

« Est-ce que je sais! Je me suis vue à la fin de
mes jours! J'ai mis l'oreiller d'sus, sans savoir...
Je n'pouvais pas en garder deux... et je m'suis
couchée d'sus encore. Et puis, j'suis restée à
m'rouler et à pleurer jusqu'au jour que j'ai vu
venir par la fenêtre; ils étaient morts sous
l'oreiller, pour sûr. Alors je les ai pris sous mon
bras, j'ai descendu l'escalier, j'ai sorti dans
l'potager, j'ai pris la bêche au jardinier, et je les
ai enfouis sous terre, l'plus profond que j'ai pu,
un ici, puis l'autre là, pas ensemble, pour qu'ils
n'parlent pas de leur mère, si ça parle, les p'tits
morts. Je sais-t-il, moi?

« Et puis, dans mon lit, v'là que j'ai été si mal

que j'ai pas pu me lever. On a fait venir le médecin qu'a tout compris. C'est la vérité, m'sieu le
juge. Faites ce qu'il vous plaira, j'suis prête. »

La moitié des jurés se mouchaient coup sur
coup pour ne point pleurer. Des femmes sanglo-
taient dans l'assistance.

Le président interrogea.

« A quel endroit avez-vous enterré l'autre? »
Elle demanda :

« Lequel que vous avez?

— Mais... celui... celui qui était dans les arti-
chauts.

— Ah bien! L'autre est dans les fraisiers, au
bord du puits. »

Et elle se mit à sangloter si fort qu'elle gémis-
sait à fendre les cœurs.

La fille Rosalie Prudent fut acquittée.

SUR LES CHATS

SUR LES CHATS

I

Cap d'Antibes.

Assis sur un banc, l'autre jour, devant ma porte, en plein soleil, devant une corbeille d'anémones fleuries, je lisais un livre récemment paru, un livre honnête, chose rare et charmant aussi, *Le Tonnelier*, par Georges Duval. Un gros chat blanc, qui appartient au jardinier, sauta sur mes genoux, et, de cette secousse ferma le livre que je posai à côté de moi pour caresser la bête.

Il faisait chaud; une odeur de fleurs nouvelles, odeur timide encore, intermittente, légère, passait dans l'air, où passaient aussi parfois des frissons froids venus de ces grands sommets blancs que j'apercevais là-bas.

Mais le soleil était brûlant, aigu, un de ces soleils qui fouillent la terre et la font vivre, qui fendent les graines pour animer les germes endormis, et les bourgeons pour que s'ouvrent les jeunes feuilles. Le chat se roulait sur mes genoux sur le dos, les pattes en l'air, ouvrant et fermant ses griffes, montrant sous ses lèvres ses crocs pointus et ses yeux verts dans la fente presque close de ses paupières. Je caressais et je maniais la bête molle et nerveuse, souple comme une étoffe de soie, douce, chaude, délicieuse et dangereuse. Elle ronronnait ravie et prête à mordre, car elle aime griffer autant qu'être flattée. Elle tendait son cou, ondulait, et quand je cessais de la toucher, se redressait et poussait sa tête sous ma main levée.

Je l'énervais et elle m'énervait aussi, car je les aime et je les déteste, ces animaux charmants et perfides. J'ai plaisir à les toucher, à faire glisser sous ma main leur poil soyeux qui craque, à sentir leur chaleur dans ce poil, dans cette fourrure fine, exquise. Rien n'est plus doux, rien ne donne à la peau une sensation plus délicate, plus raffinée, plus rare que la robe tiède et vibrante d'un chat. Mais elle me met aux doigts, cette robe vivante, un désir étrange et féroce d'étrangler la bête que je caresse. Je sens en elle l'envie qu'elle a de me mordre et de me déchirer, je la sens et je la prends, cette envie, comme un fluide qu'elle me communique, je la prends par le bout de mes doigts dans ce poil chaud, et elle monte, monte le long de mes nerfs, le long de mes membres jusqu'à mon cœur, jusqu'à ma tête, elle m'emplit, court le long de ma peau, fait se serrer mes dents. Et toujours, toujours, au bout de mes dix doigts je sens le chatouillement vif et léger qui me pénètre et m'envahit.

Et si la bête commence, si elle me mord, si elle me griffe, je la saisis par le cou, je la fais tourner et je la lance au loin comme la pierre d'une fronde, si vite et si brutalement qu'elle n'a jamais le temps de se venger.

Je me souviens qu'étant enfant, j'aimais déjà les chats avec de brusques désirs de les étrangler dans mes petites mains; et qu'un jour, au bout du jardin, à l'entrée du bois, j'aperçus tout à coup quelque chose de gris qui se roulait dans les hautes herbes. J'allai voir; c'était un chat pris au collet, étranglé, râlant, mourant. Il se tordait, arrachait la terre avec ses griffes, bondissait, retombait inerte, puis recommençait, et son souffle rauque, rapide, faisait un bruit de pompe un bruit affreux que j'entends encore.

J'aurais pu prendre une bêche et couper le collet, j'aurais pu aller chercher le domestique ou prévenir mon père. — Non, je ne bougeai pas, et, le cœur battant, je le regardai mourir avec une joie frémissante et cruelle; c'était un chat! C'eût été un chien, j'aurais plutôt coupé le fil de cuivre avec mes dents que de le laisser souffrir une seconde de plus.

Et quand il fut mort, bien mort, encore chaud, j'allai le tâter et lui tirer la queue.

II

ILS sont délicieux pourtant, délicieux surtout, parce qu'en les caressant, alors qu'ils se frottent à notre chair, ronronnent et se roulent sur nous en nous regardant de leurs yeux jaunes qui ne semblent jamais nous voir, on sent bien l'insécurité de leur tendresse, l'égoïsme perfide de leur plaisir.

Des femmes aussi nous donnent cette sensation, des femmes charmantes, douces, aux yeux clairs et faux, qui nous ont choisis pour se frotter à l'amour. Près d'elles, quand elles ouvrent les bras, les lèvres tendues, quand on les étreint, le cœur bondissant, quand on goûte la joie sensuelle et savoureuse de leur caresse délicate, on sent bien qu'on tient une chatte, une chatte à griffes et à crocs, une chatte perfide, sournoise, amoureuse ennemie, qui mordra quand elle sera lasse de baisers.

Tous les poètes ont aimé les chats. Baudelaire les a divinement chantés. On connaît son admirable sonnet :

Les amoureux fervents et les savants austères
Aiment également, dans leur mûre saison,
Les chats puissants et doux, orgueil de la maison,
Qui comme eux sont frileux, et comme eux sédentaires.

Amis de la science et de la volupté,
Ils cherchent le silence et l'horreur des ténèbres.
L'Erèbe les eût pris pour ses coursiers funèbres
S'ils pouvaient au servage incliner leur fierté.

Ils prennent, en songeant, les nobles attitudes
Des grands sphinx allongés au fond des solitudes
Qui semblent s'endormir dans un rêve sans fin.

Leurs reins féconds sont pleins d'étincelles magiques.
Et des parcelles d'or, ainsi qu'un sable fin,
Etoilent vaguement leurs prunelles mystiques.

III

Moi j'ai eu un jour l'étrange sensation d'avoir habité le palais enchanté de la Chatte blanche, un château magique où régnait une de ces bêtes onduleuses, mystérieuses, troublantes, le seul peut-être de tous les êtres qu'on n'entende jamais marcher.

C'était l'été dernier, sur ce même rivage de la Méditerranée.

Il faisait, à Nice, une chaleur atroce, et je m'informai si les habitants du pays n'avaient point dans la montagne au-dessus quelque vallée fraîche où ils pussent aller respirer.

On m'indiqua celle de Thorenc. Je la voulus voir.

Il fallut d'abord gagner Grasse, la ville des parfums, dont je parlerai quelque jour en racontant comment se fabriquent ces essences et quintessences de fleurs qui valent jusqu'à deux mille francs le litre. J'y passai la soirée et la nuit dans un vieil hôtel de la ville, médiocre auberge où la qualité des nourritures est aussi douteuse que la propreté des chambres. Puis je repartis au matin.

La route s'engageait en pleine montagne, longeant des ravins profonds et dominée par des pics stériles, pointus, sauvages. Je me demandais

quel bizarre séjour d'été on m'avait indiqué là; et
j'hésitais presque à revenir pour regagner Nice le
même soir, quand j'aperçus soudain devant moi,
sur un mont qui semblait barrer tout le vallon,
une immense et admirable ruine profilant sur le
ciel des tours, des murs écroulés, toute une bizarre
architecture de citadelle morte. C'était une antique commanderie de Templiers qui gouvernait
jadis le pays de Thorenc.

Je contournai ce mont, et soudain je découvris
une longue vallée verte, fraîche et reposante. Au
fond, des prairies, de l'eau courante, des saules;
et sur les versants des sapins, jusques au ciel.

En face de la commanderie, de l'autre côté de
la vallée, mais plus bas, s'élève un château habité,
le château des Quatre-Tours, qui fut construit vers
1530. On n'y aperçoit encore cependant aucune
trace de la Renaissance.

C'est une lourde et forte construction carrée,
d'un puissant caractère, flanquée de quatre tours
guerrières, comme le dit son nom.

J'avais une lettre de recommandation pour le
propriétaire de ce manoir, qui ne me laissa pas
gagner l'hôtel.

Toute la vallée, délicieuse en effet, est un des
plus charmants séjours d'été qu'on puisse rêver.
Je m'y promenai jusqu'au soir, puis, après le
dîner, je montai dans l'appartement qu'on m'avait
réservé.

Je traversai d'abord une sorte de salon dont
les murs sont couverts de vieux cuir de Cordoue,
puis une autre pièce où j'aperçus rapidement sur
les murs, à la lueur de ma bougie, de vieux por-

traits de dames, de ces tableaux dont Théophile
Gautier a dit :

> J'aime à voir en vos cadres ovales
> Portraits jaunis des belles du vieux temps,
> Tenant en main des roses un peu pâles
> Comme il convient à des fleurs de cent ans!

puis j'entrai dans la pièce où se trouvait mon lit.

Quand je fus seul je la visitai. Elle était tendue
d'antiques toiles peintes où l'on voyait des don-
jons roses au fond de paysages bleus, et de grands
oiseaux fantastiques sous des feuillages de pierres
précieuses.

Mon cabinet de toilette se trouvait dans une
des tourelles. Les fenêtres, larges dans l'appartement, étroites à leur sortie au jour, traversant
toute l'épaisseur des murs, n'étaient, en somme,
que des meurtrières, de ces ouvertures par où on
tuait des hommes. Je fermai ma porte, je me
couchai et je m'endormis.

Et je rêvai; on rêve toujours un peu de ce qui
s'est passé dans la journée. Je voyageais; j'entrais
dans une auberge où je voyais attablés devant le
feu un domestique en grande livrée et un maçon,
bizarre société dont je ne m'étonnais pas. Ces
gens parlaient de Victor Hugo, qui venait de
mourir, et je prenais part à leur causerie. Enfin
j'allais me coucher dans une chambre dont la
porte ne fermait point, et tout à coup j'apercevais
le domestique et le maçon, armés de briques, qui
venaient doucement vers mon lit.

Je me réveillai brusquement, et il me fallut
quelques instants pour me reconnaître. Puis je me

rappelai les événements de la veille, mon arrivée à Thorenc, l'aimable accueil du châtelain... J'allais refermer mes paupières, quand je vis, oui je vis, dans l'ombre, dans la nuit, au milieu de ma chambre, à la hauteur d'une tête d'homme à peu près, deux yeux de feu qui me regardaient.

Je saisis une allumette et, pendant que je la frottais, j'entendis un bruit, un bruit léger, un bruit mou comme la chute d'un linge humide et roulé, et quand j'eus de la lumière, je ne vis plus rien qu'une grande table au milieu de l'appartement.

Je me levai, je visitai les deux pièces, le dessous mon lit, les armoires, rien.

Je pensai donc que j'avais continué mon rêve un peu après mon réveil, et je me rendormis, non sans peine.

Je rêvai de nouveau. Cette fois je voyageais encore, mais en Orient, dans le pays que j'aime. Et j'arrivais chez un Turc qui demeurait en plein désert. C'était un Turc superbe; pas un Arabe, un Turc, gros, aimable, charmant, habillé en Turc, avec un turban et tout un magasin de soieries sur le dos, un vrai Turc du Théâtre-Français qui me faisait des compliments en m'offrant des confitures, sur un divan délicieux.

Puis un petit Nègre me conduisait à ma chambre — tous mes rêves finissaient donc ainsi — une chambre bleu ciel, parfumée, avec des peaux de bêtes par terre, et, devant le feu — l'idée de feu me poursuivait jusqu'au désert — sur une chaise basse, une femme à peine vêtue, qui m'attendait.

Elle avait le type oriental le plus pur, des étoiles

sur les joues, le front et le menton, des yeux immenses, un corps admirable, un peu brun mais d'un brun chaud et capiteux.

Elle me regardait et je pensais : « Voilà comment je comprends l'hospitalité. Ce n'est pas dans nos stupides pays du Nord, nos pays de bégueulerie inepte, de pudeur odieuse, de morale imbécile qu'on recevrait un étranger de cette façon. »

Je m'approchai d'elle et je lui parlai, mais elle me répondit par signes, ne sachant pas un mot de ma langue que mon Turc, son maître, savait si bien.

D'autant plus heureuse qu'elle serait silencieuse, je la pris par la main et je la conduisis vers ma couche où je m'étendis à ses côtés... Mais on se réveille toujours en ces moments-là ! Donc je me réveillai et je ne fus pas trop surpris de sentir sous ma main quelque chose de chaud et de doux que je caressais amoureusement.

Puis, ma pensée s'éclairant, je reconnus que c'était un chat, un gros chat roulé contre ma joue et qui dormait avec confiance. Je l'y laissai, et je fis comme lui, encore une fois.

Quand le jour parut, il était parti ; et je crus vraiment que j'avais rêvé ; car je ne comprenais pas comment il aurait pu entrer chez moi, et en sortir, la porte étant fermée à clef.

Quand je contai mon aventure (pas en entier) à mon aimable hôte, il se mit à rire, et me dit :

« Il est venu par la chatière », et, soulevant un rideau, il me montra, dans le mur, un petit trou noir et rond.

Et j'appris que presque toutes les vieilles demeures de ce pays ont ainsi de longs couloirs étroits à travers les murs, qui vont de la cave au grenier, de la chambre de la servante à la chambre du seigneur, et qui font le chat le roi et le maître de céans.

Il circule comme il lui plaît, visite son domaine à son gré, peut se coucher dans tous les lits, tout voir et tout entendre, connaître tous les secrets, toutes les habitudes ou toutes les hontes de la maison. Il est chez lui partout, pouvant entrer partout, l'animal qui passe sans bruit, le silencieux rôdeur, le promeneur nocturne des murs creux.

Et je pensai à ces autres vers de Baudelaire :

> C'est l'esprit familier du lieu,
> Il juge, il préside, il inspire
> Toutes choses dans son empire;
> Peut-être est-il fée, — est-il Dieu.

MADAME PARISSE

MADAME PARISSE

I

J'ÉTAIS assis sur le môle du petit port d'Obernon, près du hameau de la Salis, pour regarder Antibes au soleil couchant. Je n'avais jamais rien vu d'aussi surprenant et d'aussi beau.

La petite ville, enfermée en ses lourdes murailles de guerre construites par M. de Vauban, s'avançait en pleine mer, au milieu de l'immense golfe de Nice. La haute vague du large venait se briser à son pied, l'entourant d'une fleur d'écume; et on voyait, au-dessus des remparts, les maisons grimper les unes sur les autres jusqu'aux deux tours dressées dans le ciel comme les deux cornes d'un casque antique. Et ces deux tours se dessinaient sur la blancheur laiteuse des Alpes, sur l'énorme et lointaine muraille de neige qui barrait tout l'horizon.

Entre l'écume blanche au pied des murs, et la neige blanche au bord du ciel, la petite cité éclatante et debout sur le fond bleuâtre des premières montagnes, offrait aux rayons du soleil couchant une pyramide de maisons aux toits roux, dont les façades aussi étaient blanches, et

si différentes cependant qu'elles semblaient de
toutes les nuances.

Et le ciel, au-dessus des Alpes, était lui-même
d'un bleu presque blanc, comme si la neige eût
déteint sur lui; quelques nuages d'argent tout
près des sommets pâles; et de l'autre côté du
golfe, Nice couchée au bord de l'eau s'étendait
comme un fil blanc entre la mer et la montagne.
Deux grandes voiles latines, poussées par une
forte brise, semblaient courir sur les flots. Je regardais cela, émerveillé.

C'était une de ces choses si douces, si rares, si
délicieuses à voir qu'elles entrent en vous, inou-
bliables comme des souvenirs de bonheur. On vit,
on pense, on souffre, on est ému, on aime par le
regard. Celui qui sait sentir par l'œil éprouve, à
contempler les choses et les êtres, la même jouis-
sance aiguë, raffinée et profonde, que l'homme à
l'oreille délicate et nerveuse dont la musique
ravage le cœur.

Je dis à mon compagnon, M. Martini, un Méri-
dional pur sang : « Voilà, certes, un des plus
rares spectacles qu'il m'ait été donné d'admirer.

« J'ai vu le Mont-Saint-Michel, ce bijou mons-
trueux de granit, sortir des sables au jour levant.

« J'ai vu, dans le Sahara, le lac de Raïanecher-
gui, long de cinquante kilomètres, luire sous une
lune éclatante comme nos soleils et exhaler vers
elle une nuée blanche pareille à une fumée de
lait.

« J'ai vu dans les îles Lipari, le fantastique cratère de soufre du Volcanello, fleur géante qui
fume et qui brûle, fleur jaune démesurée, épa-

nouie en pleine mer et dont la tige est un volcan.

« Eh bien, je n'ai rien vu de plus surprenant qu'Antibes debout sur les Alpes au soleil couchant.

« Et je ne sais pourquoi des souvenirs antiques me hantent; des vers d'Homère me reviennent en tête; c'est une ville du vieil Orient, ceci c'est une ville de l'Odyssée, c'est Troie! bien que Troie fût loin de la mer. »

M. Martini tira de sa poche le guide Sarty et lut : « Cette ville fut à son origine une colonie « fondée par les Phocéens de Marseille, vers « l'an 340 avant J.-C. Elle reçut d'eux le nom grec « d'Antipolis, c'est-à-dire « contre-ville », ville en « face d'une autre, parce qu'en effet elle se trouve « opposée à Nice, autre colonie marseillaise.

« Après la conquête des Gaules, les Romains « d'Antibes firent une ville municipale; ses habi-« tants jouissaient du droit de cité romaine.

« Nous savons, par une épigramme de Martial, « que, de son temps... »

Il continuait. Je l'arrêtai : « Peu m'importe ce qu'elle fut. Je vous dis que j'ai sous les yeux une ville de l'Odyssée. Côte d'Asie ou côte d'Europe, elles se ressemblaient sur les deux rivages; et il n'en est point, sur l'autre bord de la Méditerranée qui éveille en moi, comme celle-ci, le souvenir des temps héroïques. »

Un bruit de pas me fit tourner la tête; une femme, une grande femme brune passait sur le chemin qui suit la mer en allant vers le cap.

M. Martini murmura, en faisant sonner les finales : « C'est Mme Parisse, vous savez! »

Non, je ne savais pas, mais ce nom jeté, ce nom du berger Troyen me confirma dans mon rêve.

Je dis cependant : « Qui ça, Mme Parisse? »

Il parut satisfait que je ne connusse pas cette histoire.

J'affirmai que je ne la savais point; et je regardais la femme qui s'en allait sans nous voir, rêvant, marchant d'un pas grave et lent, comme marchaient sans doute les dames de l'Antiquité. Elle devait avoir trente-cinq ans environ, et restait belle, fort belle, bien qu'un peu grasse.

Et M. Martini me conta ceci.

II

Mme Parisse, une demoiselle Combelombe, avait épousé, un an avant la guerre de 1870, M. Parisse, fonctionnaire du gouvernement. C'était alors une belle jeune fille, aussi mince et aussi gaie qu'elle était devenue forte et triste.

Elle avait accepté à regret M. Parisse, un de ces petits hommes à bedaine et à jambes courtes, qui trottent menu dans une culotte toujours trop large.

Après la guerre, Antibes fut occupée par un seul bataillon de ligne commandé par M. Jean de Carmelin, un jeune officier décoré pendant la campagne et qui venait seulement de recevoir les quatre galons.

Comme il s'ennuyait fort dans cette forteresse, dans cette taupinière étouffante enfermée en sa double enceinte d'énormes murailles, le commandant allait souvent se promener sur le cap, sorte de parc ou de forêt de pins éventée par toutes les brises du large.

Il y rencontra Mme Parisse qui venait aussi, les soirs d'été, respirer l'air frais sous les arbres. Comment s'aimèrent-ils? Le sait-on? Ils se rencontraient, ils se regardaient, et quand ils ne se voyaient plus, ils pensaient l'un à l'autre, sans doute. L'image de la jeune femme aux prunelles brunes, aux cheveux noirs, au teint pâle, de la belle et fraîche Méridionale qui montrait ses dents en souriant, restait flottante devant les yeux de l'officier qui continuait sa promenade en mangeant son cigare au lieu de le fumer; et l'image du commandant serré dans sa tunique, culotté de rouge et couvert d'or, dont la moustache blonde frisait sur sa lèvre, devait passer le soir devant les yeux de Mme Parisse quand son mari mal rasé et mal vêtu, court de pattes et ventru, rentrait pour souper.

A force de se rencontrer, ils sourirent en se revoyant, peut-être; et à force de se revoir, ils s'imaginèrent qu'ils se connaissaient. Il la salua assurément. Elle fut surprise et s'inclina, si peu, si peu, tout juste ce qu'il fallait pour ne pas être impolie. Mais au bout de quinze jours elle lui rendait son salut, de loin, avant même d'être côte à côte.

Il lui parla. De quoi? Du coucher du soleil sans aucun doute. Et ils l'admirèrent ensemble, en le

regardant au fond de leurs yeux plus souvent qu'à
l'horizon. Et tous les soirs pendant deux semaines
ce fut le prétexte banal et persistant d'une causerie de quelques minutes.

Puis ils osèrent faire quelques pas ensemble en
s'entretenant de sujets quelconques; mais leurs
yeux déjà se disaient mille choses plus intimes,
de ces choses secrètes, charmantes dont on voit le
reflet dans la douceur, dans l'émotion du regard,
et qui font battre le cœur, car elles confessent
l'âme, mieux qu'un aveu.

Puis il dut lui prendre la main, et balbutier ces
mots que la femme devine sans avoir l'air de les
entendre.

Et il fut convenu entre eux qu'ils s'aimaient
sans qu'ils se le fussent prouvé par rien de sen-
suel ou de brutal.

Elle serait demeurée indéfiniment à cette étape
de la tendresse, elle, mais il voulait aller plus
loin, lui. Et il la pressa chaque jour plus ardem-
ment de se rendre à son violent désir.

Elle résistait, ne voulait pas, semblait résolue à
ne point céder.

Un soir pourtant elle lui dit comme par
hasard : « Mon mari vient de partir pour Marseille. Il y va rester quatre jours. »

Jean de Carmelin se jeta à ses pieds, la sup-
pliant d'ouvrir sa porte le soir même, vers onze
heures. Mais elle ne l'écouta point et rentra d'un
air fâché.

Le commandant fut de mauvaise humeur tout
le soir; et le lendemain, dès l'aurore, il se promenait, rageur, sur les remparts, allant de l'école du

tambour à l'école de peloton, et jetant des puni-
tions aux officiers et aux hommes, comme on
jetterait des pierres dans une foule.

Mais en rentrant pour déjeuner, il trouva sous
sa serviette, dans une enveloppe, ces quatre mots :
« Ce soir, dix heures. » Et il donna cent sous,
sans aucune raison, au garçon qui le servait.

La journée lui parut fort longue. Il la passa en
partie à se bichonner et à se parfumer.

Au moment où il se mettait à table pour dîner
on lui remit une autre enveloppe. Il trouva
dedans ce télégramme : « Ma chérie, affaires ter-
minées. Je rentre ce soir train neuf heures. —
Parisse. »

Le commandant poussa un juron si véhément
que le garçon laissa tomber la soupière sur le
parquet.

Que ferait-il? Certes, il la voulait, ce soir-là
même, coûte que coûte; et il l'aurait. Il l'aurait
par tous les moyens, dût-il faire arrêter et empri-
sonner le mari. Soudain une idée folle lui traversa la tête. Il demanda du papier et écrivit :

« Madame,

« *Il ne rentrera pas ce soir, je vous le jure, et
moi je serai à dix heures où vous savez. Ne crai-
gnez rien, je réponds de tout, sur mon honneur
d'officier.*

« Jean de Carmelin. »

Et, ayant fait porter cette lettre, il dîna avec
tranquillité.

Vers huit heures, il fit appeler le capitaine Gribois qui commandait après lui; et il lui dit, en roulant entre ses doigts la dépêche froissée de M. Parisse :

« Capitaine, je reçois un télégramme d'une nature singulière et dont il m'est même impossible de vous donner le contenu. Vous allez faire fermer immédiatement et garder les portes de la ville, de façon à ce que personne, vous entendez bien, personne n'entre ni ne sorte avant six heures du matin. Vous ferez aussi circuler des patrouilles dans les rues et forcerez les habitants à rentrer chez eux à neuf heures. Quiconque sera trouvé dehors passé cette limite sera reconduit à son domicile *manu militari*. Si vos hommes me rencontrent cette nuit, ils s'éloigneront aussitôt de moi en ayant l'air de ne pas me reconnaître.

« Vous avez bien entendu.

— Oui, mon commandant.

— Je vous rends responsable de l'exécution de ces ordres, mon cher capitaine.

— Oui, mon commandant.

— Voulez-vous un verre de chartreuse?

— Volontiers, mon commandant. »

Ils trinquèrent, burent la liqueur jaune, et le capitaine Gribois s'en alla.

III

Le train de Marseille entra en gare à neuf heures précises, déposa sur le quai deux voyageurs, et reprit sa course vers Nice.

L'un était grand et maigre, M. Saribe, marchand d'huile, l'autre gros et petit, M. Parisse.

Ils se mirent en route côte à côte, leur sac de nuit à la main pour gagner la ville éloignée d'un kilomètre.

Mais en arrivant à la porte du port, les factionnaires croisèrent la baïonnette en leur enjoignant de s'éloigner.

Effarés, stupéfaits, abrutis d'étonnement, ils s'écartèrent et délibérèrent; puis, après avoir pris conseil l'un de l'autre, ils revinrent avec précaution afin de parlementer en faisant connaître leurs noms.

Mais les soldats devaient avoir des ordres sévères, car ils menacèrent de tirer; et les deux voyageurs, épouvantés, s'enfuirent au pas gymnastique, en abandonnant leurs sacs qui les alourdissaient.

Ils firent alors le tour des remparts et se présentèrent à la porte de la route de Cannes. Elle était fermée également et gardée aussi par un poste menaçant. MM. Saribe et Parisse, en hommes prudents, n'insistèrent pas davantage, et

s'en revinrent à la gare pour chercher un abri, car
le tour des fortifications n'était pas sûr, après le
soleil couché.

L'employé de service, surpris et somnolent, les
autorisa à attendre le jour dans le salon des voyageurs.

Ils y demeurèrent côte à côte, sans lumière, sur
le canapé de velours vert, trop effrayés pour songer à dormir.

La nuit fut longue pour eux.

Ils apprirent, vers six heures et demie, que les
portes étaient ouvertes et qu'on pouvait, enfin,
pénétrer dans Antibes.

Ils se remirent en marche, mais ne retrouvèrent
point sur la route leurs sacs abandonnés.

Lorsqu'ils franchirent, un peu inquiets encore
la porte de la ville, le commandant de Carmelin,
l'œil sournois et la moustache en l'air, vint lui-
même les reconnaître et les interroger.

Puis il les salua avec politesse en s'excusant de
leur avoir fait passer une mauvaise nuit. Mais il
avait dû exécuter des ordres.

Les esprits, dans Antibes, étaient affolés. Les
uns parlaient d'une surprise méditée par les Ita-
liens, les autres d'un débarquement du prince
impérial, d'autres encore croyaient à une conspi-
ration orléaniste. On ne devina que plus tard la
vérité quand on apprit que le bataillon du
commandant était envoyé fort loin, et que M. de
Carmelin avait été sévèrement puni.

IV

M. Martini avait fini de parler. Mme Parisse
revenait, sa promenade terminée. Elle passa gra-
vement près de moi, les yeux sur les Alpes dont
les sommets à présent étaient roses sous les derniers rayons du soleil.

J'avais envie de la saluer, la triste et pauvre
femme qui devait penser toujours à cette nuit
d'amour déjà si lointaine, et à l'homme hardi qui
avait osé, pour un baiser d'elle, mettre une ville
en état de siège et compromettre tout son avenir.

Aujourd'hui, il l'avait oubliée sans doute, à
moins qu'il ne racontât, après boire, cette farce
audacieuse, comique et tendre.

L'avait-elle revu? L'aimait-elle encore? Et je
songeais : « Voici bien un trait de l'amour mo-
derne, grotesque et pourtant héroïque. L'Homère
qui chanterait cette Hélène, et l'aventure de son
Ménélas, devrait avoir l'âme de Paul de Kock.
Et pourtant, il est vaillant, téméraire, beau, fort
comme Achille, et plus rusé qu'Ulysse, le héros de
cette abandonnée! »

JULIE ROMAIN

JULIE ROMAIN

Je suivais à pied, voici deux ans au printemps, le rivage de la Méditerranée. Quoi de plus doux que de songer, en allant à grands pas sur une route? On marche dans la lumière, dans le vent qui caresse, au flanc des montagnes, au bord de la mer! Et on rêve! Que d'illusions, d'amours, d'aventures passent, en deux heures de chemin, dans une âme qui vagabonde! Toutes les espérances, confuses et joyeuses, entrent en vous avec l'air tiède et léger; on les boit dans la brise, et elles font naître en notre cœur un appétit de bonheur qui grandit avec la faim, excitée par la marche. Les idées rapides, charmantes, volent et chantent comme des oiseaux.

Je suivais ce long chemin qui va de Saint-Raphaël à l'Italie, ou plutôt ce long décor superbe et changeant qui semble fait pour la représentation de tous les poèmes d'amour de la terre. Et je songeais que depuis Cannes, où l'on pose, jusqu'à Monaco où l'on joue, on ne vient guère dans ce pays que pour faire des embarras ou tripoter de l'argent, pour étaler, sous le ciel délicieux, dans ce jardin de roses et d'orangers, toutes les basses vanités, les sottes prétentions, les viles convoitises, et bien montrer l'esprit humain tel qu'il est, rampant, ignorant, arrogant et cupide.

Tout à coup, au fond d'une des baies ravissantes qu'on rencontre à chaque détour de la montagne, j'aperçus quelques villas, quatre ou cinq seulement, en face de la mer, au pied du mont, et devant un bois sauvage de sapins qui s'en allait au loin derrière elles par deux grands vallons sans chemins et sans issues peut-être. Un de ces chalets m'arrêta net devant sa porte, tant il était joli : une petite maison blanche avec des boiseries brunes, et couverte de roses grimpées jusqu'au toit.

Et le jardin : une nappe de fleurs, de toutes les couleurs et de toutes les tailles, mêlées dans un désordre coquet et cherché. Le gazon en était rempli; chaque marche du perron en portait une touffe à ses extrémités, les fenêtres laissaient pendre sur la façade éclatante des grappes bleues ou jaunes; et la terrasse aux balustres de pierre, qui couvrait cette mignonne demeure, était enguirlandée d'énormes clochettes rouges pareilles à des taches de sang.

On apercevait, par-derrière, une longue allée d'orangers fleuris qui s'en allait jusqu'au pied de la montagne.

Sur la porte, en petites lettres d'or, ce nom : « Villa d'Antan. »

Je me demandais quel poète ou quelle fée habitait là, quel solitaire inspiré avait découvert ce lieu et créé cette maison de rêve, qui semblait poussée dans un bouquet.

Un cantonnier cassait des pierres sur la route, un peu plus loin. Je lui demandai le nom du propriétaire de ce bijou. Il répondit :

« C'est Mme Julie Romain. »

Julie Romain! Dans mon enfance, autrefois, j'avais entendu parler d'elle, de la grande actrice, la rivale de Rachel.

Aucune femme n'avait été plus applaudie et plus aimée, plus aimée surtout! Que de duels et que de suicides pour elle, et que d'aventures retentissantes! Quel âge avait-elle à présent, cette séductrice? Soixante, soixante-dix, soixante-quinze ans? Julie Romain! Ici, dans cette maison! La femme qu'avaient adorée le plus grand musicien et le plus rare poète de notre pays! Je me souvenais encore de l'émotion soulevée dans toute la France (j'avais alors douze ans) par sa fuite en Sicile avec celui-ci, après sa rupture éclatante avec celui-là.

Elle était partie un soir, après une première représentation où la salle l'avait acclamée durant une demi-heure, et rappelée onze fois de suite; elle était partie avec le poète, en chaise de poste, comme on faisait alors; ils avaient traversé la mer pour aller s'aimer dans l'île antique, fille de la Grèce, sous l'immense bois d'orangers qui entoure Palerme et qu'on appelle la « Conque d'Or ».

On avait raconté leur ascension de l'Etna et comment ils s'étaient penchés sur l'immense cratère, enlacés, la joue contre la joue, comme pour se jeter au fond du gouffre de feu.

Il était mort, lui, l'homme aux vers troublants, si profonds qu'ils avaient donné le vertige à toute une génération, si subtils, si mystérieux, qu'ils avaient ouvert un monde nouveau aux nouveaux poètes.

L'autre aussi était mort, l'abandonné, qui avait trouvé pour elle des phrases de musique restées dans toutes les mémoires, des phrases de triomphe et de désespoir, affolantes et déchirantes.

Elle était là, elle, dans cette maison voilée de fleurs.

Je n'hésitai point, je sonnai.

Un petit domestique vint ouvrir, un garçon de dix-huit ans, à l'air gauche, aux mains niaises. J'écrivis sur ma carte un compliment galant pour la vieille actrice et une vive prière de me recevoir. Peut-être savait-elle mon nom et consentirait-elle à m'ouvrir sa porte.

Le jeune valet s'éloigna, puis revint en me demandant de le suivre; et il me fit entrer dans un salon propre et correct, de style Louis-Philippe, aux meubles froids et lourds, dont une petite bonne de seize ans, à la taille mince, mais peu jolie, enlevait les housses en mon honneur.

Puis, je restai seul.

Sur les murs, trois portraits, celui de l'actrice dans un de ses rôles, celui du poète avec la grande redingote serrée au flanc et la chemise à jabot d'alors, et celui du musicien assis devant un clavecin. Elle, blonde, charmante, mais maniérée à la façon du temps, souriait de sa bouche gracieuse et de son œil bleu; et la peinture était soignée, fine, élégante et sèche.

Eux semblaient regarder déjà la prochaine postérité.

Tout cela sentait l'autrefois, les jours finis et les gens disparus.

Une porte s'ouvrit, une petite femme entra; vieille, très vieille, très petite, avec des bandeaux de cheveux blancs, des sourcils blancs, une vraie souris blanche rapide et furtive.

Elle me tendit la main et dit, d'une voix restée fraîche, sonore, vibrante :

« Merci, monsieur. Comme c'est gentil aux hommes d'aujourd'hui de se souvenir des femmes de jadis! Asseyez-vous. »

Et je lui racontai comment sa maison m'avait séduit, comment j'avais voulu connaître le nom de la propriétaire, et comment, l'ayant connu, je n'avais pu résister au désir de sonner à sa porte.

Elle répondit :

« Cela m'a fait d'autant plus plaisir, monsieur, que voici la première fois que pareille chose arrive. Quand on m'a remis votre carte, avec le mot gracieux qu'elle portait, j'ai tressailli comme si on m'eût annoncé un vieil ami disparu depuis vingt ans. Je suis une morte, moi, une vraie morte, dont personne ne se souvient, à qui personne ne pense, jusqu'au jour où je mourrai pour de bon; et alors tous les journaux parleront, pendant trois jours, de Julie Romain, avec des anecdotes, des détails, des souvenirs et des éloges emphatiques. Puis ce sera fini de moi. »

Elle se tut, et reprit, après un silence :

« Et cela ne sera pas long maintenant. Dans

quelques mois, dans quelques jours, de cette petite femme encore vive, il ne restera plus qu'un petit squelette. »

Elle leva les yeux vers son portrait qui lui souriait, qui souriait à cette vieille, à cette caricature de lui-même; puis elle regarda les deux hommes, le poète dédaigneux et le musicien inspiré qui semblaient se dire : « Que nous veut cette ruine? »

Une tristesse indéfinissable, poignante, irrésistible, m'étreignait le cœur, la tristesse des existences accomplies, qui se débattent encore dans les souvenirs comme on se noie dans une eau profonde.

De ma place, je voyais passer sur la route les voitures, brillantes et rapides, allant de Nice à Monaco. Et, dedans, des femmes jeunes, jolies, riches, heureuses; des hommes souriants et satisfaits. Elle suivit mon regard, comprit ma pensée et murmura avec un sourire résigné :

« On ne peut pas être et avoir été. »

Je lui dis :

« Comme la vie a dû être belle pour vous! »

Elle poussa un grand soupir :

« Belle et douce. C'est pour cela que je la regrette si fort. »

Je vis qu'elle était disposée à parler d'elle; et doucement, avec des précautions délicates, comme lorsqu'on touche à des chairs douloureuses, je me mis à l'interroger.

Elle parla de ses succès, de ses enivrements, de ses amis, de toute son existence triomphante.

Je lui demandai :

« Les plus vives joies, le vrai bonheur, est-ce au théâtre que vous les avez dus? »

Elle répondit vivement :

« Oh! non. »

Je souris; elle reprit, en levant vers les deux portraits un regard triste :

« C'est à eux. »

Je ne pus me retenir de demander :

« Auquel?

— A tous les deux. Je les confonds même un peu dans ma mémoire de vieille, et puis, j'ai des remords envers l'un, aujourd'hui!

— Alors, madame, ce n'est pas à eux, mais à l'amour lui-même que va votre reconnaissance. Ils n'ont été que ses interprètes.

— C'est possible. Mais quels interprètes!

— Etes-vous certaine que vous n'avez pas été, que vous n'auriez pas été aussi bien aimée, mieux aimée par un homme simple, qui vous aurait offert toute sa vie, tout son cœur, toutes ses pensées, toutes ses heures, tout son être; tandis que ceux-ci vous offraient deux rivales redoutables, la Musique et la Poésie? »

Elle s'écria avec force, avec cette voix restée jeune, qui faisait vibrer quelque chose dans l'âme :

« Non, monsieur, non. Un autre m'aurait plus aimée peut-être, mais il ne m'aurait pas aimée comme ceux-là. Ah! c'est qu'ils m'ont chanté la musique de l'amour, ceux-là, comme personne au monde ne la pourrait chanter! Comme ils m'ont grisée! Est-ce qu'un homme, un homme quelconque, trouverait ce qu'ils savaient trouver eux,

dans les sons et dans les paroles? Est-ce assez
que d'aimer, si on ne sait pas mettre dans l'amour
toute la poésie et toute la musique du ciel et de la
terre! Et ils savaient, ceux-là, comment on rend
folle une femme avec des chants et avec des mots!
Oui, il y avait peut-être dans notre passion plus
d'illusion que de réalité; mais ces illusions-là vous
emportent dans les nuages, tandis que les réalités
vous laissent toujours sur le sol. Si d'autres m'ont
plus aimée, par eux seuls j'ai compris, j'ai senti,
j'ai adoré l'amour! »

Et, tout à coup, elle se mit à pleurer.

Elle pleurait, sans bruit, des larmes désespé-
rées!

J'avais l'air de ne point voir; et je regardais
au loin. Elle reprit, après quelques minutes :

« Voyez-vous, monsieur, chez presque tous les
êtres, le cœur vieillit avec le corps. Chez moi, cela
n'est point arrivé. Mon pauvre corps a soixante-
neuf ans, et mon pauvre cœur en a vingt... Et
voilà pourquoi je vis toute seule, dans les fleurs
et dans les rêves... »

Il y eut entre nous un long silence. Elle s'était
calmée et se remit à parler en souriant :

« Comme vous vous moqueriez de moi, si vous
saviez... si vous saviez comment je passe mes soi-
rées... quand il fait beau!... Je me fais honte et
pitié en même temps. »

J'eus beau la prier; elle ne voulut point me
dire ce qu'elle faisait; alors je me levai pour
partir.

Elle s'écria :

« Déjà! »

Et, comme j'annonçais que je devais dîner à
Monte-Carlo, elle demanda, avec timidité :

« Vous ne voulez pas dîner avec moi? Cela me
ferait beaucoup plaisir. »

J'acceptai tout de suite. Elle sonna, enchantée;
puis, quand elle eut donné quelques ordres à la
petite bonne, elle me fit visiter sa maison.

Une sorte de véranda vitrée, pleine d'arbustes,
s'ouvrait sur la salle à manger et laissait voir
d'un bout à l'autre la longue allée d'orangers,
s'étendant jusqu'à la montagne. Un siège bas,
caché sous les plantes, indiquait que la vieille
actrice venait souvent s'asseoir là.

Puis nous allâmes dans le jardin regarder les
fleurs. Le soir venait doucement, un de ces soirs
calmes et tièdes qui font s'exhaler tous les parfums de la terre. Il ne faisait presque plus jour
quand nous nous mîmes à table. Le dîner fut bon
et long; et nous devînmes amis intimes, elle et
moi, quand elle eut bien compris quelle sympa-
thie profonde s'éveillait pour elle en mon cœur.
Elle avait bu deux doigts de vin, comme on disait
autrefois, et devenait plus confiante, plus expan-
sive.

« Allons regarder la lune, me dit-elle. Moi, je
l'adore, cette bonne lune. Elle a été le témoin de
mes joies les plus vives. Il me semble que tous
mes souvenirs sont dedans; et je n'ai qu'à la
contempler pour qu'ils me reviennent aussitôt. Et
même... quelquefois, le soir... je m'offre un joli
spectacle... joli... joli... si vous saviez!... Mais non,
vous vous moqueriez trop de moi... je ne peux
pas... je n'ose pas... non... non... vraiment, non... »

Je la suppliais :

« Voyons... quoi? dites-le-moi; je vous promets de ne pas me moquer... je vous le jure... voyons... »

Elle hésitait. Je pris ses mains, ses pauvres petites mains si maigres, si froides, et je les baisai l'une après l'autre, plusieurs fois, comme ils faisaient jadis, eux. Elle fut émue. Elle hésitait.

« Vous me promettez de ne pas rire?

— Oui, je le jure.

— Eh bien, venez. »

Elle se leva. Et comme le petit domestique, gauche dans sa livrée verte, éloignait la chaise derrière elle, elle lui dit quelques mots à l'oreille, très bas, très vite. Il répondit :

« Oui, madame, tout de suite. »

Elle prit mon bras et m'emmena sous la véranda.

L'allée d'orangers était vraiment admirable à voir. La lune, déjà levée, la pleine lune, jetait au milieu un mince sentier d'argent, une longue ligne de clarté qui tombait sur le sable jaune entre les têtes rondes et opaques des arbres sombres.

Comme ils étaient en fleur, ces arbres, leur parfum violent et doux emplissait la nuit. Et dans leur verdure noire on voyait voltiger des milliers de lucioles, ces mouches de feu qui ressemblent à des graines d'étoiles.

Je m'écriai :

« Oh! quel décor pour une scène d'amour!

— N'est-ce pas? n'est-ce pas? Vous allez voir. »

Et elle me fit asseoir à côté d'elle.

Elle murmura :

« Voilà ce qui fait regretter la vie. Mais vous ne songez guère à ces choses-là, vous autres, les hommes d'aujourd'hui. Vous êtes des boursiers, des commerçants et des pratiques. Vous ne savez même plus nous parler. Quand je dis « nous », j'entends les jeunes. Les amours sont devenues des liaisons qui ont souvent pour début une note de couturière inavouée. Si vous estimez la note plus cher que la femme, vous disparaissez; mais si vous estimez la femme plus haut que la note, vous payez. Jolies mœurs... et jolies tendresses!... »

Elle me prit la main :

« Regardez... »

Je demeurais stupéfait et ravi... Là-bas, au bout de l'allée, dans le sentier de lune, deux jeunes gens s'en venaient en se tenant par la taille. Ils s'en venaient, enlacés, charmants, à petits pas, traversant les flaques de lumière qui les éclairaient tout à coup et rentrant dans l'ombre aussitôt. Il était vêtu, lui, d'un habit de satin blanc, comme au siècle passé, et d'un chapeau couvert d'une plume d'autruche. Elle portait une robe à paniers et la haute coiffure poudrée des belles dames au temps du Régent.

A cent pas de nous, ils s'arrêtèrent et, debout au milieu de l'allée, s'embrassèrent en faisant des grâces.

Et je reconnus soudain les deux petits domestiques. Alors une de ces gaietés terribles qui vous dévorent les entrailles me tordit sur mon siège. Je ne riais pas, cependant. Je résistais, malade, convulsé, comme l'homme à qui on coupe une jambe résiste au besoin de crier qui lui ouvre la gorge et la mâchoire.

Mais les enfants s'en retournèrent vers le fond de l'allée; et ils redevinrent délicieux. Ils s'éloignaient, s'en allaient, disparaissaient comme disparaît un rêve. On ne les voyait plus. L'allée vide semblait triste.

Moi aussi, je partis, je partis pour ne pas les revoir; car je compris que ce spectacle-là devait durer fort longtemps, qui réveillait tout le passé, tout ce passé d'amour et de décor, le passé factice, trompeur et séduisant, faussement et vraiment charmant, qui faisait battre encore le cœur de la vieille cabotine et de la vieille amoureuse!

LE PÈRE AMABLE

LE PÈRE AMABLE

I

Le ciel humide et gris semblait peser sur la vaste plaine brune. L'odeur de l'automne, odeur triste des terres nues et mouillées, des feuilles tombées, de l'herbe morte, rendait plus épais et plus lourd l'air stagnant du soir. Les paysans travaillaient encore, épars dans les champs, en attendant l'heure de l'Angélus qui les rappellerait aux fermes dont on apercevait, çà et là, les toits de chaume à travers les branches des arbres dépouillés qui garantissaient contre le vent les clos de pommiers.

Au bord d'un chemin, sur un tas de hardes, un tout petit enfant, assis les jambes ouvertes, jouait avec une pomme de terre qu'il laissait parfois tomber dans sa robe, tandis que cinq femmes, courbées et la croupe en l'air, piquaient des brins de colza dans la plaine voisine. D'un mouvement leste et continu, tout le long du grand bourrelet de terre que la charrue venait de retourner, elles enfonçaient une pointe de bois, puis jetaient aussitôt dans ce trou la plante un peu flétrie déjà

qui s'affaissait sur le côté, puis elles recouvraient
la racine et continuaient leur travail.

Un homme qui passait, un fouet à la main et
les pieds nus dans des sabots, s'arrêta près de
l'enfant, le prit et l'embrassa. Alors une des
femmes se redressa et vint à lui. C'était une
grande fille rouge, large du flanc, de la taille et
des épaules, une haute femelle normande, aux
cheveux jaunes, au teint de sang.

Elle dit, d'une voix résolue :

« Te v'là, Césaire, eh ben? »

L'homme, un garçon maigre à l'air triste, murmura :

« Eh ben, rien de rien, toujou d' même!

— I ne veut pas?

— I ne veut pas.

— Qué que tu vas faire?

— J' sais ti?

— Va-t'en vé l' curé.

— J' veux ben.

— Vas-y à c't' heure.

— J' veux ben. »

Et ils se regardèrent. Il tenait toujours l'enfant
dans ses bras. Il l'embrassa de nouveau et le remit
sur les hardes des femmes.

A l'horizon, entre deux fermes, on apercevait
une charrue que traînait un cheval et que poussait un homme. Ils passaient tout doucement, la
bête, l'instrument et le laboureur, sur le ciel terne
du soir.

La femme reprit :

« Alors, qué qu'i dit, ton pé? »

— I dit qu'i ne veut point.

— Pourquoi ça qu'i ne veut point? »

Le garçon montra d'un geste l'enfant qu'il venait de remettre à terre, puis, d'un regard, il indiqua l'homme qui poussait la charrue, là-bas.

Et il prononça : « Parce que c'est à li, ton éfant. »

La fille haussa les épaules, et d'un ton colère : « Pardi, tout l' monde le sait ben, qu' c'est à Victor. Et pi après? j'ai fauté! j' suis-ti la seule? Ma mé aussi avait fauté, avant mé, et pi la tienne itou, avant d'épouser ton pé! Qui ça qui n'a point fauté dans l' pays? J'ai fauté avec Victor, vu qu'i m'a prise dans la grange comme j' dormais, ça, c'est vrai; et pi j'ai r'fauté que je n' dormais point. J' l'aurais épousé pour sûr, n'eût-il point été un serviteur. J' suis-t-i moins vaillante pour ça? »

L'homme dit simplement :

« Mé, j' te veux ben telle que t'es, avec ou sans l'éfant. N'y a que mon pé qui m'oppose. J' verrons tout d' même à régler ça. »

Elle reprit :

« Va-t'en vé l' curé à c't' heure.

— J'y vas. »

Et il se remit en route de son pas lourd de paysan; tandis que la fille, les mains sur les hanches, retournait piquer son colza.

En effet l'homme qui s'en allait ainsi, Césaire Houlbrèque, le fils du vieux sourd Amable Houlbrèque, voulait épouser, malgré son père, Céleste Lévesque, qui avait eu un enfant de Victor Lecoq, simple valet employé alors dans la ferme de ses parents et mis dehors pour ce fait.

Aux champs, d'ailleurs, les hiérarchies de caste

n'existent point, et si le valet est économe, il devient, en prenant une ferme à son tour, l'égal de son ancien maître.

Césaire Houlbrèque s'en allait donc, un fouet sous le bras, ruminant ses idées, et soulevant l'un après l'autre ses lourds sabots englués de terre. Certes, il voulait épouser Céleste Lévesque, il la voulait avec son enfant, parce que c'était la femme qu'il lui fallait. Il n'aurait pas su dire pourquoi; mais il le savait, il en était sûr. Il n'avait qu'à la regarder pour en être convaincu, pour se sentir tout drôle, tout remué, comme abêti de contentement. Ça lui faisait même plaisir d'embrasser le petit, le petit de Victor, parce qu'il était sorti d'elle.

Et il regardait, sans haine, le profil lointain de l'homme qui poussait sa charrue sur le bord de l'horizon.

Mais le père Amable ne voulait pas de ce mariage. Il s'y opposait avec un entêtement de sourd, avec un entêtement furieux.

Césaire avait beau lui crier dans l'oreille, dans celle qui entendait encore quelques sons :

« J' vous soignerons ben, mon pé. J' vous dis que c'est une bonne fille et pi vaillante, et pi d'épargne. »

Le vieux répétait : « Tant que j' vivrai, j' verrai point ça. »

Et rien ne pouvait le vaincre, rien ne pouvait fléchir sa rigueur. Un seul espoir restait à Césaire. Le père Amable avait peur du curé par appréhension de la mort qu'il sentait approcher. Il ne redoutait pas beaucoup le Bon Dieu, ni le diable, ni l'enfer, ni le purgatoire, dont il n'avait aucune idée, mais il redoutait le prêtre, qui lui représentait l'enterrement, comme on pourrait redouter les médecins par horreur des maladies. Depuis huit jours, Céleste, qui connaissait cette faiblesse du vieux, poussait Césaire à aller trouver le curé : mais Césaire hésitait toujours, parce qu'il n'aimait point beaucoup non plus les robes noires, qui lui représentaient, à lui, des mains toujours tendues pour des quêtes ou pour le pain bénit.

Il venait pourtant de se décider et il s'en allait vers le presbytère, en songeant à la façon dont il allait conter son affaire.

L'abbé Raffin, un petit prêtre vif, maigre et jamais rasé, attendait l'heure de son dîner en se chauffant les pieds au feu de sa cuisine.

Dès qu'il vit entrer le paysan, il demanda, en tournant seulement la tête :

« Eh bien, Césaire, qu'est-ce que tu veux?

— J' voudrais vous causer, m'sieu l' curé. »

L'homme restait debout, intimidé, tenant sa casquette d'une main et son fouet de l'autre.

« Eh bien, cause. »

Césaire regardait la bonne, une vieille qui traînait ses pieds en mettant le couvert de son maître sur un coin de table, devant la fenêtre. Il balbutia :

« C'est que, c'est quasiment une confession. »

Alors l'abbé Raffin considéra avec soin son paysan; il vit sa mine confuse, son air gêné, ses yeux errants, et il ordonna :

« Maria, va-t'en cinq minutes à ta chambre, que je cause avec Césaire. »

La servante jeta sur l'homme un regard colère, et s'en alla en grognant.

L'ecclésiastique reprit : « Allons, maintenant défile ton chapelet. »

Le gars hésitait toujours, regardait ses sabots, remuait sa casquette; puis, tout à coup, il se décida :

« V'la : j' voudrais épouser Céleste Lévesque.

— Eh bien, mon garçon, qui est-ce qui t'en empêche?

— C'est l' pé qui n' veut point.

— Ton père?

— Oui, mon pé.

— Qu'est-ce qu'il dit, ton père?

— I dit qu'alle a eu un éfant.

— Elle n'est pas la première à qui ça arrive, depuis notre mère Eve.

— Un éfant avec Victor, Victor Lecoq, le domestique à Anthime Loisel.

— Ah! ah!... Alors, il ne veut pas?

— I ne veut point.

— Mais là, pas du tout?

— Pas pu qu'une bourrique qui r'fuse d'aller, sauf vot' respect.

— Qu'est-ce que tu lui dis, toi, pour le décider?

— J'li dis qu' c'est eune bonne fille, et pi vaillante, et pi d'épargne.

— Et ça ne le décide pas. Alors tu veux que je lui parle.

— Tout juste. Vous l' dites!

— Et qu'est-ce que je lui raconterai, moi, à ton père?

— Mais... c'que vous racontez au sermon pour faire donner des sous. »

Dans l'esprit du paysan tout l'effort de la religion consistait à desserrer les bourses, à vider les poches des hommes pour emplir le coffre du ciel. C'était une sorte d'immense maison de commerce dont le curés étaient les commis, commis sournois, rusés, dégourdis comme personne, qui faisaient les affaires du Bon Dieu au détriment des campagnards.

Il savait fort bien que les prêtres rendaient des services, de grands services aux plus pauvres, aux malades, aux mourants, assistaient, consolaient, conseillaient, soutenaient, mais tout cela moyennant finances, en échange de pièces blanches, de bel argent luisant dont on payait les sacrements et les messes, les conseils et la protection, le pardon des péchés et les indulgences, le purgatoire et le paradis, suivant les rentes et la générosité du pécheur.

L'abbé Raffin, qui connaissait son homme et qui ne se fâchait jamais, se mit à rire.

« Eh bien, oui, je lui raconterai ma petite histoire, à ton père, mais toi, mon garçon, tu y viendras, au sermon. »

Houlbrèque tendit la main pour jurer :

« Foi d'pauvre homme, si vous faites ça pour mé, j' le promets.

— Allons, c'est bien. Quand veux-tu que j'aille le trouver, ton père?

— Mais l' pu tôt s' ra le mieux, anuit si vous le pouvez.

— Dans une demi-heure alors, après souper.

— Dans une demi-heure.

— C'est entendu. A bientôt, mon garçon.

— A la revoyure, m'sieu l' curé; merci ben.

— De rien, mon garçon. »

Et Césaire Houlbrèque rentra chez lui, le cœur allégé d'un grand poids.

Il tenait à bail une petite ferme, toute petite, car ils n'étaient pas riches, son père et lui. Seuls avec une servante, une enfant de quinze ans qui leur faisait la soupe, soignait les poules, allait traire les vaches et battait le beurre, ils vivaient péniblement, bien que Césaire fût un bon cultivateur. Mais ils ne possédaient ni assez de terres, ni assez de bétail, pour gagner plus que l'indispensable.

Le vieux ne travaillait plus. Triste comme tous les sourds, perclus de douleurs, courbé, tortu, il s'en allait par les champs, appuyé sur son bâton, en regardant les bêtes et les hommes d'un œil dur et méfiant. Quelquefois il s'asseyait sur le bord d'un fossé et demeurait là, sans remuer, pendant des heures, pensant vaguement aux choses qui l'avaient préoccupé toute sa vie, au prix des œufs et des grains, au soleil et à la pluie qui gâtent ou font pousser les récoltes. Et, travaillés par les rhumatismes, ses vieux membres buvaient encore l'humidité du sol, comme ils avaient bu depuis soixante-dix ans la vapeur des murs de sa chaumière basse, coiffée aussi de paille humide.

Il rentrait à la tombée du jour, prenait sa place au bout de la table, dans la cuisine, et, quand on avait posé devant lui le pot de terre brûlé qui contenait sa soupe, il l'enfermait dans ses doigts

crochus, qui semblaient avoir gardé la forme ronde
du vase, et il se chauffait les mains, hiver comme
été, avant de se mettre à manger, pour ne rien
perdre, ni une parcelle de chaleur qui vient du
feu, lequel coûte cher, ni une goutte de soupe où
on a mis de la graisse et du sel, ni une miette de
pain qui vient du blé.

Puis il grimpait, par une échelle, dans un
grenier où il avait sa paillasse, tandis que le fils
couchait en bas, au fond d'une sorte de niche
près de la cheminée, et que la servante s'enfermait dans une espèce de cave, un trou noir qui
servait autrefois à emmagasiner les pommes de
terre.

Césaire et son père ne causaient presque jamais.
De temps en temps seulement, quand il s'agissait de vendre une récolte ou d'acheter un veau,
le jeune homme prenait l'avis du vieux, et formant un porte-voix de ses deux mains, il lui criait
ses raisons dans la tête; et le père Amable les
approuvait ou les combattait d'une voix lente
et creuse venue du fond de son ventre.

Un soir donc Césaire, s'approchant de lui
comme s'il s'agissait de l'acquisition d'un cheval
ou d'une génisse, lui avait communiqué, à pleins
poumons, dans l'oreille, son intention d'épouser
Céleste Lévesque.

Alors le père s'était fâché. Pourquoi? Par mo-
ralité? Non sans doute. La vertu d'une fille n'a
guère d'importance aux champs. Mais son avarice,
son instinct profond, féroce, d'épargne, s'était
révolté à l'idée que son fils élèverait un enfant
qu'il n'avait pas fait lui-même. Il avait pensé tout

à coup, en une seconde, à toutes les soupes qu'ava-
lerait le petit avant de pouvoir être utile dans la
ferme; il avait calculé toutes les livres de pain,
tous les litres de cidre que mangerait et que boi-
rait ce galopin jusqu'à son âge de quatorze ans; et
une colère folle s'était déchaînée en lui contre
Césaire qui ne pensait pas à tout ça.

Et il avait répondu, avec une force de voix
inusitée :

« C'est-il que t'as perdu le sens? »

Alors Césaire s'était mis à énumérer ses raisons,
à dire les qualités de Céleste, à prouver qu'elle
gagnerait cent fois ce que coûterait l'enfant. Mais
le vieux doutait de ces mérites, tandis qu'il ne
pouvait douter de l'existence du petit; et il répondait, coup sur coup, sans s'expliquer davantage :

« J' veux point! J' veux point! Tant que j'vivrai, ça n' se f' ra point! »

Et depuis trois mois ils en restaient là, sans en
démordre l'un et l'autre, reprenant, une fois par
semaine au moins, la même discussion, avec les
mêmes arguments, les mêmes mots, les mêmes
gestes et la même inutilité.

C'est alors que Céleste avait conseillé à Césaire
d'aller demander l'aide de leur curé.

En rentrant chez lui le paysan trouva son père
attablé déjà, car il s'était mis en retard par sa
visite au presbytère.

Ils dînèrent en silence, face à face, mangèrent
un peu de beurre sur leur pain, après la soupe
en buvant un verre de cidre; puis ils demeurèrent
immobiles sur leurs chaises, à peine éclairés par la
chandelle que la petite servante avait apportée

pour laver les cuillers, essuyer les verres et tailler
à l'avance les croûtes pour le déjeuner de l'aurore.

Un coup retentit contre la porte qui s'ouvrit
aussitôt, et le prêtre parut. Le vieux leva sur lui
ses yeux inquiets, pleins de soupçons, et, prévoyant
un danger, il se disposait à grimper son échelle,
quand l'abbé Raffin lui mit la main sur l'épaule
et lui hurla contre la tempe.

« J'ai à vous causer, père Amable. »

Césaire avait disparu, profitant de la porte
restée ouverte. Il ne voulait pas entendre, tant il
avait peur; il ne voulait pas que son espoir
s'émiettât à chaque refus obstiné de son père; il
aimait mieux apprendre d'un seul coup la vérité,
bonne ou mauvaise, plus tard; et il s'en alla dans
la nuit. C'était un soir sans lune, un soir sans
étoiles, un de ces soirs brumeux où l'air semble
gras d'humidité. Une odeur vague de pommes
flottait auprès des cours, car c'était l'époque où on
ramassait les plus précoces, les pommes « euribles »
comme on dit au pays du cidre. Les étables, quand
Césaire longeait leurs murs, soufflaient par leurs
étroites fenêtres leur odeur chaude de bêtes vi-
vantes endormies sur le fumier; et il entendait au
pied des écuries le piétinement des chevaux restés
debout, et le bruit de leurs mâchoires tirant et
broyant le foin des râteliers.

Il allait devant lui en pensant à Céleste. Dans
cet esprit simple, chez qui les idées n'étaient
guère encore que des images nées directement des
objets, les pensées d'amour ne se formulaient que
par l'évocation d'une grande fille rouge, debout

dans un chemin creux, et riant, les mains sur les hanches.

C'est ainsi qu'il l'avait aperçue le jour où commença son désir pour elle. Il la connaissait cependant depuis l'enfance, mais jamais, comme ce matin-là, il n'avait pris garde à elle. Ils avaient causé quelques minutes; puis il était parti; et tout en marchant il répétait : « Cristi, c'est une belle fille tout de même. C'est dommage qu'elle ait fauté avec Victor. » Jusqu'au soir il y songea; et le lendemain aussi.

Quand il la revit, il sentit quelque chose qui lui chatouillait le fond de la gorge, comme si on lui eût enfoncé une plume de coq par la bouche dans la poitrine; et depuis lors, toutes les fois qu'il se trouvait près d'elle, il s'étonnait de ce chatouillement nerveux qui recommençait toujours.

En trois semaines il se décida à l'épouser, tant elle lui plaisait. Il n'aurait pu dire d'où venait cette puissance sur lui, mais il l'exprimait par ces mots : « J'en sieu possédé », comme s'il eût porté en lui l'envie de cette fille aussi dominatrice qu'un pouvoir d'enfer. Il ne s'inquiétait guère de sa faute. Tant pis après tout; cela ne la gâtait point; et il n'en voulait pas à Victor Lecoq.

Mais si le curé allait ne pas réussir, que ferait-il? Il n'osait y penser tant cette inquiétude le torturait.

Il avait gagné le presbytère, et il s'était assis auprès de la petite barrière de bois pour attendre la rentrée du prêtre.

Il était là depuis une heure peut-être, quand il entendit des pas sur le chemin, et il distingua bientôt, quoique la nuit fût très sombre, l'ombre plus noire encore de la soutane.

Il se dressa, les jambes cassées, n'osant plus parler, n'osant point savoir.

L'ecclésiastique l'aperçut et dit gaiement :

« Eh bien, mon garçon, ça y est. »

Césaire balbutia : « Ça y est... pas possible!

— Oui, mon gars, mais point sans peine. Quelle vieille bourrique que ton père! »

Le paysan répétait : « Pas possible!

— Mais oui. Viens-t'en me trouver demain, midi, pour décider la publication des bans. »

L'homme avait saisi la main de son curé. Il la serrait, la secouait, la broyait en bégayant :

« Vrai... Vrai... Vrai... M'sieu l'curé... Foi d'honnête homme... vous m'verrez dimanche... à vot' sermon. »

II

La noce eut lieu vers la mi-décembre. Elle fut simple, les mariés n'étant pas riches. Césaire, vêtu de neuf, se trouva prêt dès huit heures du matin pour aller querir sa fiancée et la conduire à la mairie; mais comme il était trop tôt, il s'assit devant la table de la cuisine et attendit ceux de la famille et les amis qui devaient venir le prendre.

Depuis huit jours il neigeait, et la terre brune, la terre déjà fécondée par les semences d'automne

était devenue livide, endormie sous un grand drap
de glace.

Il faisait froid dans les chaumières coiffées d'un
bonnet blanc; et les pommiers ronds dans les cours
semblaient fleuris, poudrés comme au joli mois de
leur épanouissement.

Ce jour-là, les gros nuages du nord, les nuages
gris chargés de cette pluie mousseuse avaient disparu, et le ciel bleu se déployait au-dessus de la
terre blanche sur qui le soleil levant jetait des
reflets d'argent.

Césaire regardait devant lui, par la fenêtre,
sans penser à rien, heureux.

La porte s'ouvrit, deux femmes entrèrent, des
paysannes endimanchées, la tante et la cousine
du marié, puis trois hommes, ses cousins, puis
une voisine. Ils s'assirent sur des chaises, et ils
demeurèrent immobiles et silencieux, les femmes
d'un côté de la cuisine, les hommes de l'autre,
saisis soudain de timidité, de cette tristesse em-
barrassée qui prend les gens assemblés pour une
cérémonie. Un des cousins demanda bientôt :

« C'est-il point l'heure? »

Césaire répondit :

« Je crais ben que oui.

— Allons, en route », dit un autre.

Ils se levèrent. Alors Césaire, qu'une inquiétude venait d'envahir, grimpa l'échelle du grenier pour voir si son père était prêt. Le vieux, toujours matinal d'ordinaire, n'avait point encore
paru. Son fils le trouva sur sa paillasse, roulé dans
sa couverture, les yeux ouverts, et l'air méchant.

Il lui cria dans le tympan :

« Allons, mon pé, levez-vous. V'là l' moment d' la noce. »

Le sourd murmura d'une voix dolente :

« J'peux pu. J'ai quasiment eune froidurc qui m'a g' lé l'dos. J'peux pu r' muer. »

Le jeune homme, atterré, le regardait, devinant sa ruse.

« Allons, pé, faut vous y forcer.

— J' peux point.

— Tenez, j' vas vous aider. »

Et il se pencha vers le vieillard, déroula sa couverture, le prit par les bras et le souleva. Mais le père Amable se mit à gémir :

« Hou! hou! hou! qué misère! hou, hou, j'peux point. J'ai l'dos noué. C'est que'que vent qu'aura coulé par çu maudit toit. »

Césaire comprit qu'il ne réussirait pas, et furieux pour la première fois de sa vie contre son père, il lui cria :

« Eh ben, vous n' dînerez point, puisque j'faisons le r'pas à l'auberge à Polyte. Ça vous apprendra à faire le têtu. »

Et il dégringola l'échelle, puis se mit en route, suivi de ses parents et invités.

Les hommes avaient relevé leurs pantalons pour n'en point brûler le bord dans la neige; les femmes tenaient haut leurs jupes, montraient leurs chevilles maigres, leurs bas de laine grise, leurs quilles osseuses, droites comme des manches à balai. Et tous allaient en se balançant sur leurs jambes, l'un derrière l'autre, sans parler, tout doucement, par prudence, pour ne point perdre le chemin disparu sous la nappe plate, uniforme, ininterrompue des neiges.

En approchant des fermes, ils apercevaient une ou deux personnes les attendant pour se joindre à eux; et la procession s'allongeait sans cesse, suivant les contours invisibles du chemin, avait l'air d'un chapelet vivant, aux grains noirs, ondulant par la campagne blanche.

Devant la porte de la fiancée, un groupe nombreux piétinait sur place en attendant le marié. On l'acclama quand il parut; et bientôt Céleste sortit de sa chambre, vêtue d'une robe bleue, les épaules couvertes d'un petit châle rouge, la tête fleurie d'oranger.

Mais chacun demandait à Césaire :

« Ous qu'est ton pé? »

Il répondait avec embarras :

« I' ne peut plus se r' muer, vu les douleurs. »

Et les fermiers hochaient la tête d'un air incrédule et malin.

On se mit en route vers la mairie. Derrière les futurs époux, une paysanne portait l'enfant de Victor, comme s'il se fût agi d'un baptême; et les paysans, deux par deux, à présent, accrochés par le bras, s'en allaient dans la neige avec des mouvements de chaloupe sur la mer.

Après que le maire eut lié les fiancés dans la petite maison municipale, le curé les unit à son tour dans la modeste maison du Bon Dieu. Il bénit leur accouplement en leur promettant la fécondité, puis il leur prêcha les vertus matrimoniales, les simples et saines vertus des champs, le travail, la concorde et la fidélité, tandis que l'enfant, pris de froid, piaillait derrière le dos de la mariée.

Dès que le couple reparut sur le seuil de l'église, des coups de fusil éclatèrent dans le fossé du cimetière. On ne voyait que le bout des canons d'où sortaient de rapides jets de fumée; puis une tête se montra qui regardait le cortège; c'était Victor Lecoq célébrant le mariage de sa bonne amie, fêtant son bonheur en lui jetant ses vœux avec les détonations de la poudre. Il avait embauché des amis, cinq ou six valets laboureurs pour ces salves de mousqueterie. On trouva qu'il se conduisait bien.

Le repas eut lieu à l'auberge de Polyte Cacheprune. Vingt couverts avaient été mis dans la grande salle où l'on dînait aux jours de marché, et l'énorme gigot tournant devant la broche, les volailles rissolées sous leur jus, l'andouille grésillant sur le feu vif et clair, emplissaient la maison d'un parfum épais, de la fumée des charbons francs arrosés de graisses, de l'odeur puissante et lourde des nourritures campagnardes.

On se mit à table à midi; et la soupe aussitôt coula dans les assiettes. Les figures s'animaient déjà; les bouches s'ouvraient pour crier des farces, les yeux riaient avec des plis malins. On allait s'amuser, pardi.

La porte s'ouvrit, et le père Amable parut. Il avait un air mauvais, une mine furieuse, et il se traînait sur ses bâtons, en geignant à chaque pas pour indiquer sa souffrance.

On s'était tu en le voyant paraître; mais soudain, le père Malivoire, son voisin, un gros plaisant qui connaissait toutes les manigances des gens,

se mit à hurler, comme faisait Césaire, en formant
porte-voix de ses mains : « Hé, vieux dégourdi,
t'en as ti un nez, d'avoir senti de chez té la cuisine à Polyte. »

Un rire énorme jaillit des gorges. Malivoire,
excité par le succès reprit : « Pour les douleurs,
y a rien de tel qu'eune cataplasme d'andouille!
Ça tient chaud l' ventre, avec un verre de trois-
six!... »

Les hommes poussaient des cris, tapaient la
table du poing, riaient de côté en penchant et
relevant leur torse comme s'ils eussent fait marcher
une pompe. Les femmes gloussaient comme des
poules, les servantes se tordaient, debout contre
les murs. Seul le père Amable ne riait pas et
attendait, sans rien répondre, qu'on lui fît place.

On le casa au milieu de la table, en face de sa
bru, et dès qu'il fut assis, il se mit à manger.
C'était son fils qui payait, après tout, il fallait
prendre sa part. A chaque cuillerée de soupe qui
lui tombait dans l'estomac, à chaque bouchée de
pain ou de viande écrasée sur ses gencives, à
chaque verre de cidre et de vin qui lui coulait par
le gosier, il croyait regagner quelque chose de son
bien, reprendre un peu de son argent que tous ces
goinfres dévoraient, sauver une parcelle de son
avoir, enfin. Et il mangeait en silence avec une
obstination d'avare qui cache des sous, avec la
ténacité sombre qu'il apportait autrefois à ses la-
beurs persévérants.

Mais tout à coup il aperçut au bout de la table
l'enfant de Céleste sur les genoux d'une femme,
et son œil ne le quitta plus. Il continuait à manger,

le regard attaché sur le petit, à qui sa gardienne mettait parfois entre les lèvres un peu de fricot qu'il mordillait. Et le vieux souffrait plus des quelques bouchées sucées par cette larve que de tout ce qu'avalaient les autres.

Le repas dura jusqu'au soir. Puis chacun rentra chez soi.

Césaire souleva le père Amable.

« Allons, mon pé, faut retourner », dit-il. Et il lui mit ses deux bâtons aux mains. Céleste prit son enfant dans ses bras, et ils s'en allèrent, lentement, par la nuit blafarde qu'éclairait la neige.

Le vieux sourd, aux trois quart gris, rendu plus méchant par l'ivresse, s'obstinait à ne pas avancer. Plusieurs fois même il s'assit, avec l'idée que sa bru pourrait prendre froid; et il geignait, sans prononcer un mot, poussant une sorte de plainte longue et douloureuse.

Lorsqu'ils furent arrivés chez eux, il grimpa aussitôt dans son grenier, tandis que Césaire installait un lit pour l'enfant auprès de la niche profonde où il allait s'étendre avec sa femme. Mais comme les nouveaux mariés ne dormirent point tout de suite, ils entendirent longtemps le vieux qui remuait sur sa paillasse et même il parla haut plusieurs fois, soit qu'il rêvât, soit qu'il laissât s'échapper sa pensée par sa bouche, malgré lui, sans pouvoir la retenir sous l'obsession d'une idée fixe.

Quand il descendit par son échelle, le lendemain, il aperçut sa bru qui faisait le ménage.

Elle lui cria : « Allons mon pé, dépêchez-vous, v'là d' la bonne soupe. »

Et elle posa au bout de la table le pot rond de
terre noire plein de liquide fumant. Il s'assit,
sans rien répondre, prit le vase brûlant, s'y
chauffa les mains selon sa coutume : et, comme
il faisait grand froid, il le pressa même contre sa
poitrine pour tâcher de faire entrer en lui, dans
son vieux corps roidi par les hivers, un peu de
la vive chaleur de l'eau bouillante.

Puis il chercha ses bâtons et s'en alla dans la
campagne glacée, jusqu'à midi, jusqu'à l'heure
du dîner, car il avait vu, installé dans une grande
caisse à savon, le petit de Céleste qui dormait encore.

Il n'en prit point son parti. Il vivait dans la
chaumière, comme autrefois, mais il avait l'air
de ne plus en être, de ne plus s'intéresser à rien,
de regarder ces gens, son fils, la femme et l'enfant
comme des étrangers qu'il ne connaissait pas, à
qui il ne parlait jamais.

L'hiver s'écoula. Il fut long et rude. Puis le
premier printemps fit repartir les germes; et les
paysans, de nouveau, comme des fourmis labo-
rieuses, passèrent leurs jours dans les champs, travaillant de l'aurore à la nuit. sous la bise et sous
les pluies, le long des sillons de terre brune qui
enfantaient le pain des hommes.

L'année s'avançait bien pour les nouveaux
époux. Les récoltes poussaient drues et vivaces; on
n'eut point de gelées tardives; et les pommiers
fleuris laissaient tomber dans l'herbe leur neige
rose et blanche qui promettait pour l'automne une
grêle de fruits.

Césaire travaillait dur, se levait tôt et rentrait
tard, pour économiser le prix d'un valet.

Sa femme lui disait quelquefois :

« Tu t' f'ras du mal, à la longue. »

Il répondait : « Pour sûr non, ça me connaît. »

Un soir, pourtant, il rentra si fatigué qu'il dut
se coucher sans souper. Il se leva à l'heure ordinaire le lendemain; mais il ne put manger, malgré
son jeûne de la veille; et il dut rentrer au milieu
de l'après-midi pour se reposer de nouveau. Dans
la nuit, il se mit à tousser; et il se retournait sur
sa paillasse, fiévreux, le front brûlant, la langue
sèche, dévoré d'une soif ardente.

Il alla pourtant jusqu'à ses terres au point du
jour; mais le lendemain on dut appeler le médecin
qui le jugea fort malade, atteint d'une fluxion
de poitrine.

Et il ne quitta plus la niche obscure qui lui
servait de couche. On l'entendait tousser, haleter
et remuer au fond de ce trou. Pour le voir, pour
lui donner des drogues, lui poser les ventouses,
il fallait apporter une chandelle à l'entrée. On
apercevait alors sa tête creuse, salie par sa barbe
longue, au-dessous d'une dentelle épaisse de toiles
d'araignée qui pendaient et flottaient, remuées
par l'air. Et les mains du malade semblaient
mortes sur les draps gris.

Céleste le soignait avec une activité inquiète,
lui faisait boire les remèdes, lui appliquait les
vésicatoires, allait et venait par la maison; tandis
que le père Amable restait au bord de son grenier,
guettant de loin le creux sombre où agonisait
son fils. Il n'en approchait point, par haine de la
femme, boudant comme un chien jaloux.

Six jours encore se passèrent; puis un matin,

comme Céleste, qui dormait maintenant par terre sur deux bottes de paille défaites, allait voir si son homme se portait mieux, elle n'entendit plus son souffle rapide sortir de sa couche profonde. Effrayée, elle demanda :

« Eh ben, Césaire, qué que tu dis anuit? »

Il ne répondit pas.

Elle étendit la main pour le toucher et rencontra la chair glacée de son visage. Elle poussa un grand cri, un long cri de femme épouvantée. Il était mort.

A ce cri, le vieux sourd apparut au haut de son échelle; et comme il vit Céleste s'élancer dehors pour chercher du secours, il descendit vivement, tâta à son tour la figure de son fils et, comprenant soudain, alla fermer la porte en dedans, pour empêcher la femme de rentrer et reprendre possession de sa demeure, puisque son fils n'était plus vivant.

Puis il s'assit sur une chaise à côté du mort.

Des voisins arrivaient, appelaient, frappaient. Il ne les entendait pas. Un d'eux cassa la vitre de la fenêtre et sauta dans la chambre. D'autres le suivirent; la porte de nouveau fut ouverte; et Céleste reparut, pleurant toutes ses larmes, les joues enflées et les yeux rouges. Alors le père Amable, vaincu, sans dire un mot, remonta dans son grenier.

L'enterrement eut lieu le lendemain; puis, après la cérémonie, le beau-père et la belle-fille se trouvèrent seuls dans la ferme, avec l'enfant.

C'était l'heure ordinaire du dîner. Elle alluma le feu, tailla la soupe, posa les assiettes sur la table, tandis que le vieux, assis sur une chaise, attendait, sans paraître la regarder.

Quand le repas fut prêt, elle lui cria dans l'oreille :

« Allons, mon pé, faut manger. »

Il se leva, prit place au bout de la table, vida son pot, mâcha son pain verni de beurre, but sec deux verres de cidre, puis s'en alla.

C'était un de ces jours tièdes, un de ces jours bienfaisants où la vie fermente, palpite, fleurit sur toute la surface du sol.

Le père Amable suivait un petit sentier à travers les champs. Il regardait les jeunes blés et les jeunes avoines, en songeant que son éfant était sous terre à présent, son pauvre éfant. Il s'en allait de son pas usé, traînant la jambe et boitillant. Et comme il était tout seul dans la plaine, tout seul sous le ciel bleu, au milieu des récoltes grandissantes, tout seul avec les alouettes qu'il voyait planer sur sa tête, sans entendre leur chant léger, il se mit à pleurer en marchant.

Puis il s'assit auprès d'une mare et resta là jusqu'au soir à regarder les petits oiseaux qui venaient boire; puis, comme la nuit tombait, il rentra, soupa sans dire un mot et grimpa dans son grenier.

Et sa vie continua comme par le passé. Rien n'était changé, sauf que son fils Césaire dormait au cimetière.

Qu'aurait-il fait, le vieux? Il ne pouvait plus travailler, il n'était bon maintenant qu'à manger les soupes trempées par sa belle-fille. Et il les mangeait en silence, matin et soir, et guettant d'un œil furieux le petit qui mangeait aussi, en face de lui, de l'autre côté de la table. Puis il sortait, rôdait par le pays à la façon d'un vagabond, allait se cacher derrière les granges pour dormir une heure ou deux, comme s'il eût redouté d'être vu, puis il rentrait à l'approche du soir.

Mais de grosses préoccupations commençaient à hanter l'esprit de Céleste. Les terres avaient besoin d'un homme qui les surveillât et les travaillât. Il fallait que quelqu'un fût là, toujours, par les champs, non pas un simple salarié, mais un vrai cultivateur, un maître, qui connût le métier et eût le souci de la ferme. Une femme seule ne pouvait gouverner la culture, suivre le prix des grains, diriger la vente et l'achat du bétail. Alors les idées entrèrent dans sa tête, des idées simples, pratiques, qu'elle ruminait toutes les nuits. Elle ne pouvait se remarier avant un an et il fallait, tout de suite, sauver des intérêts pressants, des intérêts immédiats.

Un seul homme la pouvait tirer d'embarras, Victor Lecoq, le père de son enfant. Il était vaillant, entendu aux choses de la terre; il aurait fait avec un peu d'argent de poche, un excellent cultivateur. Elle le savait, l'ayant connu à l'œuvre chez ses parents.

Donc un matin, le voyant passer sur la route avec une voiture de fumier, elle sortit pour l'aller trouver. Quand il l'aperçut, il arrêta ses chevaux et elle lui dit, comme si elle l'avait rencontré la veille :

« Bonjour Victor; ça va toujours? »

Il répondit : « Ça va toujours et d' vot' part?

— Oh! mé, ça irait n'était que j' sieus seule à la maison, c' qui m'donne du tracas, vu les terres. »

Alors ils causèrent longtemps appuyés contre la roue de la lourde voiture. L'homme parfois se grattait le front sous sa casquette et réfléchissait, tandis qu'elle, les joues rouges, parlait avec ardeur, disait ses raisons, ses combinaisons, ses projets d'avenir; à la fin il murmura :

« Oui, ça se peut. »

Elle ouvrit la main comme un paysan qui conclut un marché, et demanda :

« C'est dit? »

Il serra cette main tendue.

« C'est dit.

— Ça va pour dimanche alors.

— Ça va pour dimanche.

— Allons, bonjour, Victor.

— Bonjour, madame Houlbrèque. »

III

CE dimanche-là, c'était la fête du village, la fête annuelle et patronale qu'on nomme assemblée, en Normandie.

Depuis huit jours on voyait venir par les routes au pas lent de rosses grises ou rougeâtres, les voitures foraines où gîtent les familles ambulantes des coureurs de foire, directeurs de loteries,

de tirs, de jeux divers, ou montreurs de curiosités
que les paysans appellent « Faiseux vé de quoi ».

Les carrioles sales, aux rideaux flottants, accom-
pagnées d'un chien triste, allant, tête basse, entre
les roues, s'étaient arrêtées l'une après l'autre
sur la place de la mairie. Puis une tente s'était
dressée devant chaque demeure voyageuse, et dans
cette tente on apercevait par les trous de la toile
des choses luisantes qui surexcitaient l'envie et la
curiosité des gamins.

Dès le matin de la fête, toutes les baraques
s'étaient ouvertes, étalant leurs splendeurs de verre
et de porcelaine; et les paysans, en allant à la
messe, regardaient déjà d'un œil candide et satisfait ces boutiques modestes qu'ils revoyaient pourtant chaque année.

Dès le commencement de l'après-midi, il y eut
foule sur la place. De tous les villages voisins les
fermiers arrivaient, secoués avec leurs femmes et
leurs enfants dans les chars à bancs à deux roues
qui sonnaient la ferraille en oscillant comme des
bascules. On avait dételé chez des amis; et les
cours des fermes étaient pleines d'étranges guim-
bardes grises, hautes, maigres, crochues, pareilles
aux animaux à longues pattes du fond des mers.

Et chaque famille, les mioches devant, les
grands derrière, s'en venait à l'assemblée à pas
tranquilles, la mine souriante, et les mains ouvertes, de grosses mains rouges, osseuses, accou-
tumées au travail et qui semblaient gênées de
leur repos.

Un faiseur de tours jouait du clairon; l'orgue
de barbarie des chevaux de bois égrenait dans

l'air ses notes pleurardes et sautillantes; la roue
des loteries grinçait comme les étoffes qu'on dé-
chire; les coups de carabine claquaient de seconde
en seconde. Et la foule lente passait mollement
devant les baraques à la façon d'une pâte qui
coule, avec des remous de troupeau, des mala-
dresses de bêtes pesantes, sorties par hasard.

Les filles, se tenant par le bras par rangs de
six ou huit, piaillaient des chansons; les gars les
suivaient en rigolant, la casquette sur l'oreille et
la blouse raidie par l'empois, gonflée comme un
ballon bleu.

Tout le pays était là, maîtres, valets et servantes.

Le père Amable lui-même, vêtu de sa redingue
antique et verdâtre, avait voulu voir l'assemblée;
car il n'y manquait jamais.

Il regardait les loteries, s'arrêtait devant les tirs
pour juger les coups, s'intéressait surtout à un
jeu très simple qui consistait à jeter une grosse
boule de bois dans la bouche ouverte d'un bonhomme peint sur une planche.

On lui tapa soudain sur l'épaule. C'était le
père Malivoire qui cria : « Eh! mon pé, j'vous
invite à bé une fine. »

Et ils s'assirent devant la table d'une guinguette
installée en plein air. Ils burent une fine, puis
deux fines, puis trois fines; et le père Amable
recommença à errer dans l'assemblée. Ses idées de-
venaient un peu troubles, il souriait sans savoir de
quoi, il souriait devant les loteries, devant les
chevaux de bois, et surtout devant le jeu de massacre. Il y demeura longtemps, ravi quand un

amateur abattait le gendarme ou le curé, deux
autorités qu'il redoutait d'instinct. Puis il retourna s'asseoir à la guinguette et but un verre de
cidre pour se rafraîchir. Il était tard, la nuit
venait. Un voisin le prévint :

« Vous allez rentrer après le fricot, mon pé. »

Alors il se mit en route vers la ferme. Une
ombre douce, l'ombre tiède des soirs de printemps,
s'abattait lentement sur la terre.

Quand il fut devant sa porte, il crut voir par
la fenêtre éclairée deux personnes dans la maison.
Il s'arrêta, fort surpris, puis il entra et il aperçut
Victor Lecoq assis devant la table, en face d'une
assiette pleine de pommes de terre et qui soupait
juste à la place de son fils.

Et soudain il se retourna comme s'il voulait
s'en aller. La nuit était noire à présent. Céleste
s'était levée et lui criait :

« V'nez vite, mon pé, y a du bon ragoût pour
fêter l'assemblée. »

Alors il obéit par inertie, et s'assit, regardant
tour à tour l'homme, la femme, l'enfant. Puis
il se mit à manger doucement, comme tous les
jours.

Victor Lecoq semblait chez lui, causait de temps
en temps avec Céleste, prenait l'enfant sur ses
genoux et l'embrassait. Et Céleste lui redonnait
de la nourriture, lui versait à boire, paraissait
contente en lui parlant. Le père Amable les suivait
d'un regard fixe sans entendre ce qu'ils disaient.
Quand il eut fini de souper (et il n'avait guère
mangé, tant il se sentait le cœur retourné), il se
leva, et au lieu de monter à son grenier comme

tous les soirs il ouvrit la porte de la cour et sortit dans la campagne.

Lorsqu'il fut parti, Céleste, un peu inquiète, demanda :

« Qué qui fait? »

Victor, indifférent, répondit :

« T'en éluge point. I rentrera ben quand i s' ra las. »

Alors elle fit le ménage, lava les assiettes, essuya la table, tandis que l'homme se déshabillait avec tranquillité. Puis il se glissa dans la couche obscure et profonde où elle avait dormi avec Césaire.

La porte de la cour se rouvrit. Le père Amable reparut. Dès qu'il fut entré, il regarda de tous les côtés, avec des allures de vieux chien qui flaire. Il cherchait Victor Lecoq. Comme il ne le voyait point, il prit la chandelle sur la table et s'approcha de la niche sombre où son fils était mort. Dans le fond il aperçut l'homme allongé sous les draps et qui sommeillait déjà. Alors le sourd se retourna doucement, reposa la chandelle, et ressortit encore une fois dans la cour.

Céleste avait fini de travailler, elle avait couché son fils, mis tout en place, et elle attendait pour s'étendre à son tour aux côtés de Victor, que son beau-père fût revenu.

Elle demeurait assise sur une chaise, les mains inertes, le regard vague.

Comme il ne rentrait point, elle murmura avec ennui, avec humeur :

« I nous f'ra brûler pour quatre sous de chandelle, ce vieux fainéant. »

Victor répondit au fond de son lit :

« V'là plus d'une heure qu'il est dehors, faudrait voir s'il n' dort point sur l' banc d' vant la porte.

Elle annonça : « J'y vas », se leva, prit la lumière et sortit en faisant un abat-jour de sa main pour distinguer dans la nuit.

Elle ne vit rien devant la porte, rien sur le banc, rien sur le fumier, où le père avait coutume de s'asseoir au chaud quelquefois.

Mais comme elle allait rentrer, elle leva par hasard les yeux vers le grand pommier qui abritait l'entrée de la ferme, et elle aperçut tout à coup deux pieds, deux pieds d'homme qui pendaient à la hauteur de son visage.

Elle poussa des cris terribles : « Victor! Victor! Victor! »

Il accourut en chemise. Elle ne pouvait plus parler, et, tournant la tête pour ne pas voir, elle indiquait l'arbre de son bras tendu.

Ne comprenant point, il prit la chandelle afin de distinguer, et il aperçut, au milieu des feuillages éclairés en dessous, le père Amable, pendu très haut par le cou au moyen d'un licol d'écurie.

Une échelle restait appuyée contre le tronc du pommier.

Victor courut chercher une serpe, grimpa dans l'arbre et coupa la corde. Mais le vieux était déjà froid, et il tirait la langue horriblement, avec une affreuse grimace.

TABLE

IMPRIMÉ EN FRANCE PAR BRODARD ET TAUPIN
Usine de La Flèche (Sarthe).
Librairie Générale Française - 6, rue Pierre-Sarrazin - 75006 Paris.

ISBN : 2 - 253 - 03017 - 1   ✦ 30/1191/3